Hendrik Joppers, groep 8

Wim Daniëls

Hendrik Joppers, groep 8

omslagillustratie: Elise Rave

Kempen
Uitgevers

© 2004 *Wim Daniëls,* Eindhoven
© Uitgave *Kempen Uitgevers,* Zaltbommel
Illustratie omslag: *Elise Rave,* Dommelen
Ontwerp binnenwerk: *Grafisch Ontwerpbureau Storm,* Someren
Druk: *Bariet,* Ruinen
Bindwerk: *Binderij Callenbach,* Nijkerk

ISBN 90-6657-292-2
NUR 193/218/283

Inhoudsopgave

1
Hendrik Joppers en de onvriendelijkheid

Hendrik Joppers was een vriendelijke jongen. Hij zei tegen iedereen 'hallo' en 'hoi', ook tegen mensen die hij niet kende. Hij deed dat natuurlijk niet altijd en overal. Op een koopavond in een drukke winkelstraat was er bijvoorbeeld geen beginnen aan. Maar als hij 's morgens ergens in een rustige straat liep en iemand tegenkwam, dan zei hij wél altijd 'hallo' of 'hoi'. En soms ook wel eens 'morgen'. Daarmee bedoelde hij dan 'goedemorgen'. Hij probeerde de eerste lettergreep van 'morgen' altijd met een diepe stem uit te spreken, waarbij hij de 'r' wegliet, terwijl hij van de tweede lettergreep de slot-n niet uitsprak: 'Moggu.'

Het klonk erg volwassen, vond hij. Misschien wel een beetje te. Daarom zei hij het ook niet al te vaak, want hij wilde zeker niet overkomen als dat jongetje dat hij op zaterdagmorgen wel eens groente zag helpen verkopen op de markt. Die riep en schreeuwde dingen die eigenlijk alleen maar grote mensen roepen en schreeuwen: 'Ja, mevrouwtje, kijk eens wat een mooie tomaten. Vandaag een hele kilo voor maar 50 eurocentjes, mevrouwtje.'

Dat vond Hendrik heel erg overdreven, tenminste voor een jongen van 12 jaar, want zo oud dacht hij dat het groentemannetje was.

Maar zijn eigen 'moggu' klonk hem dus ook een beetje overdreven in de oren. Daarom zei hij het ook niet al te vaak. Meestal hield hij het op 'hallo' of 'hoi'. En dat paste inderdaad ook beter bij hem.

Het viel Hendrik op dat er nogal veel mensen waren die helemaal niets terugzeiden. Sommigen keken hem zelfs onvriendelijk, nors of dreigend aan als hij hen groette. Dat vond Hendrik raar, want hij deed toch niemand kwaad door 'hallo' of 'hoi' te zeggen. Integendeel: het was juist aardig bedoeld. Maar de mensen die niets terugzeiden, wilden dat blijkbaar niet begrijpen. Het leek erop dat ze altijd chagrijnig waren. Maar waarom?

Hendrik wist het niet, maar hij wilde het wel graag weten. Daarom besloot hij het gewoon maar eens te vragen.

De eerste aan wie hij het vroeg, was een meneer die met zijn hond aan het wandelen was. Hendrik kwam hem tegen toen hij 's morgens naar school toe liep.

'Hallo' zei hij heel vriendelijk tegen de man.

Maar de man zei niets terug.

Hendrik bleef stil staan en zei: 'Ik zei "hallo" en u zegt niets terug.'

'Nee, moet dat dan?', chagrijnde de man.

'Nee, het moet niet', zei Hendrik, 'maar waaróm zegt u niets terug?'

'Omdat ik daar geen zin in heb', zei de man nors.

'Maar vindt u het dan niet fijn als anderen u groeten?', vroeg Hendrik.

'Het maakt me niks uit', snauwde de man, 'de mensen moeten doen wat ze niet laten kunnen. En jij bekijkt het maar.' En hij liep door.

Het was Hendrik opgevallen dat de hond die de man bij zich had, net zo chagrijnig keek als de man zelf. Misschien deed de man nooit aardig tegen de hond. Maar het kon natuurlijk ook zo zijn dat de hond de man chagrijnig maakte.

'Wafwaf', hoorde hij nu.

De hond van de man stond een eind verderop tegen een andere hond te blaffen. Het klonk niet bepaald als 'hallo' of 'hoi', maar eerder als 'scheer je weg'. Maar dat wist Hendrik natuurlijk niet zeker.

Onderweg naar school kwam Hendrik die morgen gelukkig ook mensen tegen die juist wel heel vriendelijk teruggroetten als hij 'hallo' of 'hoi' zei. Er was zelfs een meneer die als eerste iets zei, dus nog voordat Hendrik iets had kunnen zeggen.

'Moggu.'

'Hallo.'

En even later was er nog zo'n meneer, die ook al 'moggu' zei, waarop Hendrik het zelf ook maar weer eens probeerde: 'Moggu.'

Het klonk heel goed deze keer.

Toen hij vlak bij school was, kwam hij weer iemand tegen die helemaal niets zei. Het was een jongen van een jaar of 20. Hendrik had 'hoi' tegen hem gezegd, maar de jongen zweeg als het graf.

'Hoi', zei Hendrik nog eens nadrukkelijk.

'Mot je wat?', vroeg de jongen nu vijandig, terwijl hij stil bleef staan.

'Misschien een groet terug?', antwoordde Hendrik vriendelijk, die inmiddels ook stil was blijven staan.

'Een knal voor je kop zul je bedoelen', zei de jongen.

'N...nou nee, liever niet', bracht Hendrik er geschrokken uit.

'Val me dan niet lastig', zei de jongen.

'Ik probeer juist vriendelijk te zijn', reageerde Hendrik.

'Je moet gewoon je kop houden', zei de jongen.

'Maar waarom?', durfde Hendrik te vragen.

'Omdat ik helemaal niets met jou te maken heb', zei de jongen.

'Ja, maar ...', zei Hendrik, die er nog iets aan toe wilde voegen, al wist hij niet precies wat. Maar het hoefde al niet meer, want de jongen was intussen doorgelopen.

Op school zat Hendrik aan het begin van het kring-
gesprek, waarmee de schooldag altijd begon, nog na
te denken over wat er onderweg gebeurd was, toen
de juffrouw hem vroeg of hij iets wilde vertellen.
'Ja', zei Hendrik, 'ik heb eigenlijk een vraag of misschien meer een probleem.'
'En wat is dat?', vroeg de juffrouw.
'Ik probeer tegen iedereen vriendelijk te doen', zei
Hendrik, 'maar sommige mensen vinden dat helemaal niet fijn. Ze hebben liever niet dat ze gegroet
worden. En dat vind ik zo raar.'
'Wat bedoel je precies?', vroeg de juffrouw.
Hendrik legde daarop uit wat hem die morgen overkomen was.
'Interessant', zei de juffrouw toen Hendrik uitverteld
was. 'Heel interessant en eigenlijk wel een mooi onderwerp waar we vandaag wat mee kunnen doen. Laat
me even nadenken ...'
Het was enkele ogenblikken stil en toen zei de juffrouw: 'Ik weet het. Vandaag gaat iedereen heel vriendelijk doen en dan gaan we kijken wat de reacties
daarop zijn.'
'Hoe bedoelt u?', vroeg Binkie Baars.
'Nou', zei de juffrouw, 'ik dacht het volgende.'
Weer zweeg ze even en toen zei ze: 'Jullie gaan in
groepjes van twee een tijdje door de straten lopen en
onderweg doe je zo vriendelijk mogelijk. En dan moet
je kijken hoe de reacties zijn. Iedereen mag anderhalf

uur wegblijven. Als je terugkomt, ga je de reacties opschrijven in een opstel.'

'Maar wat is vriendelijk doen precies?', vroeg Coby
Aarsema.

'Dat is een goede vraag', zei de juffrouw, 'want dat
moeten we inderdaad wel precies weten. Pak het woordenboek eens.'

Coby stond op, liet naar het boekenrek achter in de
klas en pakte het dikke blauwe woordenboek dat er
stond. Ze sloeg het open.

'Lees maar eens hardop wat er bij "vriendelijk" staat',
zei de juffrouw.

Coby kuchte een keer en las toen: 'Aardig, welwillend,
voorkomend.'

'Dank je, Coby', zei de juffrouw, die zelf probeerde
nog vriendelijker te doen dan ze meestal toch al deed.
'Aardig, welwillend, voorkomend', herhaalde ze. 'Het
woord "aardig" kennen we allemaal, maar wie weet
wat "welwillend" en "voorkomend" betekenen?'

Pst, pst, pst, pst.

Er gingen meteen wel tien vingers de lucht in.

'Jasperine', zei de juffrouw.

'Die woorden betekenen dat je anderen wilt helpen',
zei Jasperine.

'Precies', zei de juffrouw. 'In "welwillend" heeft "wel"
de betekenis "goed"; wie "welwillend" is, wil goed
zijn voor anderen. En als je voorkomend bent, wil je
dat ook, bijvoorbeeld door netjes de deur open te

houden als iemand achter je loopt die nog door dezelfde deur moet. Soms zeggen mensen ook tegen je:
"Dat is heel vriendelijk van je", als je iets gedaan hebt.
Dan weet je dat je welwillend en voorkomend bent
geweest.'
'Papiertjes en blikjes oprapen die op straat liggen, is
dat ook vriendelijk?', vroeg Corneel van Dam.
'Nee, of nou ja, eigenlijk wel, want dan ben je milieu-
vriendelijk, maar we bedoelen hier eigenlijk mens-
vriendelijk', antwoordde de juffrouw.
'Juffrouw, juffrouw', riep Hepie Hilgersma, die bijna
ging staan om de aandacht van de juffrouw te krijgen.
'Hepie, zeg 't maar', zei de juffrouw.
'Mijn ouders hebben een winkel, een kledingzaak ...'
'Dat weet ik, Hepie.'
'En ze zeggen altijd dat je klantvriendelijk moet zijn.
Is dat ook mensvriendelijk?', vroeg Hepie.
'Jazeker', zei de juffrouw, 'want een klant is een mens.'
'Dat dacht ik al', zei Hepie, die gerustgesteld leek en
terugzakte op haar stoel.
'Zijn er nog meer vragen?', vroeg de juffrouw.
Niemand stak meer een hand op.
'Goed', zei de juffrouw, 'dan verdeel ik de klas nu in
groepjes van twee en dan ga je dus gewoon door de
straten lopen en probeer je zo vriendelijk mogelijk te
zijn. Je moet natuurlijk niet gaan overdrijven. Je moet
bijvoorbeeld niet gaan buigen als er mensen voorbij-
komen en je moet ook niet voor een wildvreemde het

13

portier van een auto openhouden. We spreken af dat je tot halfelf wat gaat rondlopen. Om vijf over halfelf ben je allemaal weer terug in de klas. En dan begin je meteen aan je opstel, dat je om kwart over twaalf af moet hebben. En iedereen maakt een eigen opstel. Je gaat dus wel met z'n tweeën op pad, maar daarna schrijf je allemaal zelf een opstel.'

Even later vertrok de hele klas naar buiten. Hendrik vormde een groepje met Jasperine. Daar was hij blij om, want hij vond Jasperine heel aardig. Meer dan heel aardig zelfs.

Bij het naar buiten gaan, hield Hendrik de deur voor Jasperine open.

'Heel vriendelijk van je', zei ze.

'Graag gedaan', zei Hendrik.

'Welke kant lopen we op?', vroeg Jasperine.

'Jij mag het zeggen', zei Hendrik.

'Dat is opnieuw heel vriendelijk van je', zei Jasperine.

'Laat me even denken ... Ja, ik weet het, we lopen naar het verzorgingstehuis drie straten verderop. Mijn oma woont er. Ik kom er dus vaak en daar kun je heel gemakkelijk heel vriendelijk zijn.'

'Dan moeten we er juist niet naartoe gaan', zei Hendrik, 'want dan is het te gemakkelijk.'

'Dat is waar', zei Jasperine, 'maar weet jij iets beters?'

'We zouden misschien naar de plek bij het station kunnen lopen waar al die junkies altijd komen', zei

Hendrik. 'Ik wil wel eens weten hoe zij op vriendelijkheid reageren.'

'Durf je ernaartoe?', vroeg Jasperine.

'Met jou erbij wel', zei Hendrik.

'Dat is vriendelijk gezegd', zei Jasperine. En ze zei er meteen achteraan: 'Oké, dan doen we dat.'

Zo gingen ze op weg naar de junkplek, die op ongeveer twintig minuten lopen lag. Het was best een eind, maar onderweg kwamen ze natuurlijk ook wel af en toe mensen tegen. En tegen hen konden ze ook al vriendelijk doen. Ze knikten naar iedereen en zeiden 'hallo' of 'hoi'. Ook hielpen ze een klein kind overeind dat over een stoeptegel was gestruikeld. En ze waren bovenal heel vriendelijk tegen elkaar.

'Zou je me een keer heel vriendelijk willen zoenen?', vroeg Jasperine opeens, toen ze ongeveer halfweg waren.

Hendrik keek haar verbaasd aan.

'Hoe gaat dat?', vroeg hij.

'Ik zal het voordoen', zei Jasperine, die blijkbaar ervaring had met vriendelijk zoenen. Ze stopten allebei met lopen. Jasperine bracht haar hoofd heel dicht bij het hoofd van Hendrik, tuitte haar lippen en gaf hem een zoen op zijn neus.

'Het kan overal hoor', zei ze er meteen bij. 'Als het maar zacht is en je moet je lippen duidelijk naar voren doen. Probeer het maar eens bij mij.'

Hendrik boog zijn hoofd naar voren, tuitte zijn lippen

en zoende Jasperine zacht op haar kin. Hendrik vond het wel een rare plek. Maar ja, Jasperine had hem ook op een rare plek gezoend. Misschien moest dat bij vriendelijk zoenen. Hij had het in ieder geval niet gedurfd om haar zomaar op haar mond te zoenen.

'Goedzo', zei Jasperine, die zelf haar kin inderdaad geen rare plek leek te vinden voor een vriendelijke zoen.

Ze liepen weer verder, want ze moesten natuurlijk wel een beetje opschieten. Twintig minuten heen, twintig minuten terug. Dat is al bijna drie kwartier. Bovendien deden ze er door al hun vriendelijkheden onderweg zelfs nog wat langer over. En in totaal hadden ze maar twee keer drie kwartier de tijd.

Bij de junkplaats was het niet druk. Dat kwam misschien omdat het nog vroeg was. 'Junkies slapen wat langer dan andere mensen, denk ik', zei Hendrik tegen Jasperine.

Jasperine knikte en keek naar de enige vier junks die er waren. Ze zaten tegen een bouwkeet op de grond. 'Hallo hoi', zei Hendrik heel vriendelijk tegen de vier. 'Hoihoi', voegde Jasperine eraan toe.

Maar de junks reageerden niet. Ze keken wel op, maar dat ging heel traag en hun ogen stonden heel vermoeid en glazig. Zeggen deden ze niks. Een van de vier mompelde wel wat, maar dat was iets onverstaanbaars.

'Gaat het een beetje, jongens?', vroeg Hendrik vriendelijk.

Er volgde aanvankelijk nog steeds geen reactie, maar na een minuut of zo zei een van de junks: 'Heb je wat te paffen voor ons?'

'Hé, man, het zijn kinderen', zei een tweede junk tegen de junk die iets te roken had gevraagd.

'We roken allebei niet', zei Jasperine.

'Goedzo', zei een derde junk, 'volhouden.'

Hij had zelf een peukje tussen zijn vingers zitten dat zo klein was dat het nauwelijks zichtbaar was.

'Dat is vriendelijk dat u dat zegt', zei Jasperine.

'Ja, Marius hier is de vriendelijkheid zelve', zei de vierde junk.

'Hou je kop, jij', riep Marius tegen hem.

'Alleen tegen mij is hij niet vriendelijk', zei de vierde junk.

'Hou je bek, man', schreeuwde Marius nu.

'Rustig maar, rustig maar', zei de vierde junk, 'ik zeg al niks meer.'

'Kunnen we iets voor jullie doen?', vroeg Hendrik.

'Waar denk je zelf aan?', vroeg de junk die Marius heette. 'Denk je dat je ergens speed voor ons kunt scoren?'

'Ik zit niet meer op voetbal', zei Hendrik.

Marius begon te lachen en de andere junks lachten met hem mee.

'Nee, ik denk niet dat jullie iets voor ons kunnen doen', zei Marius nadat hij was uitgelachen. 'Het is vriendelijk aangeboden van je, maar je kunt ons soort mensen maar beter niet te veel van dienst willen zijn, want dan loopt het slecht met je af.'

Een van de junks kwam nu moeizaam overeind. Hij hield zich vast aan de bouwkeet en ging langzaam staan.

'Wat ga jij doen?', vroeg Marius.

'Een meissie pakken', zei de staande junk, die nu plotseling heel vlug werd en Jasperine vastpakte. Die schrok enorm en probeerde zich los te rukken. 'Laat los', schreeuwde een van de andere junks. 'Laat los', schreeuwde ook Hendrik. Maar de junk liet niet los. 'Engerd', riep Jasperine.

Twee van de andere junks gingen nu ook staan, maar de junk die Jasperine had vastgepakt was intussen al een eind van de bouwkeet vandaan gelopen, terwijl hij Jasperine nog altijd vasthield.

'Help', schreeuwde Jasperine.

Daarop vergat Hendrik alle vriendelijkheid die hij in zich had. Hij zat weliswaar al een tijdje niet meer op voetballen, maar hij wist nog wel hoe je moest schoppen. Hij liep naar de junk toe die Jasperine vasthield, haalde uit met zijn rechtervoet en schopte de junk keihard tegen zijn schenen.

'Au', riep de junk, en hij liet Jasperine onmiddellijk los. 'Kom, rennen', riep Hendrik.

Hij gaf Jasperine een hand en samen renden ze weg van de junkplek. Ze stopten pas toen ze een paar honderd meter verder waren. Ze keken om, maar niemand van de junks was hen achternagekomen.

'Gaat het?', vroeg Hendrik aan Jasperine.

Jasperine knikte hijgend.

Hendrik liet haar hand los. 'Wat een klootzak', zei hij.

'Dat is geen vriendelijke opmerking', zei Jasperine, die snel van de schrik bekomen was.

'Maar het ís toch ook een klootzak', zei Hendrik, die nu even geen tijd had om 'hallo' te zeggen tegen een mevrouw die heel vriendelijk naar hem en naar Jasperine knikte.

Jasperine zei ook niets tegen de vrouw.

'Wat moeten we nu in dat opstel schrijven?', vroeg Hendrik aan Jasperine.

'De waarheid', zei Jasperine.

'En die is?', vroeg Hendrik.

'Wees vriendelijk en op je hoede', zei Jasperine.

'En dat is?', vroeg Hendrik.

'Nou, dat je moet proberen vriendelijk te zijn, maar dat je ook goed moet opletten omdat niet alle mensen even vriendelijke bedoelingen hebben', zei Jasperine.

'Zoals die junk', zei Hendrik, die nog altijd boos was.

'Laten we hem vergeten', zei Jasperine. 'Laten we nog even proberen vriendelijk tegen iedereen te zijn.'

'Dag meneer', zei ze zelf meteen tegen een meneer die voorbij kwam fietsen.

'Dag jongelui', zei de man.

Hendrik probeerde vriendelijk naar de man te glimlachen, maar het ging maar moeizaam.

'Kom op nou', zei Jasperine. 'Die hele opdracht die de juffrouw ons gegeven heeft, was eigenlijk jouw idee. Dus je moet nu niet gaan chagrijnen.'

'Ja, maar ik ben een beetje teleurgesteld', zei Hendrik.

'Bah, toe nou, waarom nou?', zei Jasperine, 'dat hoeft echt niet. En bovendien hoezo "teleurgesteld"? Dat zijn toch alleen grote mensen. Kinderen zijn blij, wild of woest, maar niet teleurgesteld.'

'Nee, maar toch', zei Hendrik.

'Hoi', zei Jasperine nu tegen een klein jongetje dat samen met zijn moeder voorbij kwam lopen.

Het jongetje lachte verlegen en stak het wijsvingertje van zijn rechterhand de lucht in.

Hendrik moest erom lachen en stak zelf ook een wijsvinger in de lucht.

'Wat een vriendelijke kinderen, hè', hoorde hij de moeder tegen het kleine jongetje zeggen.

Hendrik voelde nu dat de boosheid weg was. Hij wachtte tot er verder niemand meer in de buurt was en vroeg toen aan Jasperine: 'Zullen we nog één keertje vriendelijk zoenen?'

Jasperine keek hem vriendelijk aan.

'Wil je dat echt?', vroeg ze.

Hendrik knikte.

'Leuk', zei Jasperine. 'Ik begin.'

2
Hendrik Joppers en de dood

Toen Hendrik Joppers 10 jaar oud was, ontdekte hij de dood. Niet dat hij hem op straat tegenkwam of ergens in een hoekje zag liggen, maar hij hoorde erover praten. Zijn opa zou doodgaan, zei zijn moeder. En ook oma zei het soms. En opa zelf trouwens ook. 'Ik ga dood', zei hij een keer tegen Hendrik, en hij had eraan toegevoegd: 'Iedereen gaat ooit dood.' 'Ja, doei', had Hendrik teruggezegd, 'ik mooi niet.' Maar het was hem vanaf dat moment wel opgevallen dat er veel mensen doodgingen. Hij hoorde het bijna elke dag op tv en hij zag in de krant vaak een pagina vol met berichten over mensen die dood waren gegaan. 'Diep geschokt, met grote verslagenheid, volkomen onverwachts' of iets dergelijks stond er dan. Hij had het ook al meegemaakt dat er een vader van een jongen uit zijn klas was doodgegaan. En zijn eigen opa ging ten slotte dus ook dood, precies zoals ze allemaal gezegd hadden. Toen dat gebeurde, had Hendrik er genoeg van. Hij besloot iets te bedenken om in ieder geval zelf nooit dood te gaan. En als hij iets goeds bedacht had, wilde hij dat ook best aan anderen vertellen, behalve dan natuurlijk aan de gemeneriken, zoals een jongen uit een andere klas die hem in de pauze op school steeds liet struikelen. Die kon inderdaad maar beter gewoon doodgaan, vond Hendrik. Misschien niet meteen, maar toch wel ooit.

Maar al vlug kwam hij erachter dat het niet zo gemakkelijk was om een plan te bedenken om nooit dood te gaan. Na een week had hij nog niets bedacht. Na een maand ook niet. Zelfs na twee maanden had Hendrik nog geen begin van wat je een plan zou kunnen noemen. Toen werd het zomervakantie en dacht hij er verder niet meer aan. En eigenlijk ook het hele nieuwe schooljaar niet.

Pas anderhalf jaar na de dood van zijn opa, toen Hendrik inmiddels in groep 8 zat, moest hij er op een middag plotseling weer wél aan denken. Dat was tijdens het neuspeuteren, dat hij 's middags meestal uitvoerig deed. Hoe het precies kwam, wist hij zelf ook niet, maar opeens had hij in de gaten dat je het woord 'dood' ook van achteren naar voren kunt lezen.

'dood'

Ja, jeetje, dacht Hendrik.

'dood'

'dood'

Hij zei het woord een paar keer hardop terwijl hij het van achter naar voren las en elke keer las hij hetzelfde: 'dood.' En toen wist Hendrik het: 'Mensen leven verkeerd om.' Dat is het, dacht Hendrik. Ze leven verkeerd om, van voor naar achter, en dan ga je inderdaad natuurlijk ooit dood. Iedereen zou juist van achter naar voren moeten leven. Niet meteen natuurlijk, want dan floep je terug in je moeders buik. Nee, eerst moet je van voren naar achteren leven, ongeveer tot aan je 25ste. Maar vanaf die leeftijd zou je dan een tijdje van achter naar voren moeten gaan leven, tot je bijvoorbeeld weer 10 bent, en dan ga je – hup – weer naar achteren, tot aan je 25ste, dan weer terug, en zo eindeloos heen en weer zonder ooit dood te gaan.

Hendrik was intussen gestopt met neuspeuteren, want het leek hem verstandig zijn plan op papier te zetten. Hij was er bijna zeker van dat het klopte wat hij dacht, maar als het op papier stond, kon hij er nog veel beter over nadenken. Dus schreef hij alles op. En toen hij een paar keer overlas wat hij had geschreven, was zijn conclusie dat het inderdaad klopte. Als een zwerende vinger, zou zijn opa gezegd hebben. Hij besloot wel dat het beter was om zijn plan voorlopig nog aan niemand te vertellen. Hij wilde het eerst zelf een tijdje uitproberen.

Om te beginnen deed hij de volgende morgen zijn T-shirt achterstevoren aan. Het was een warme dag in september, dus het viel wel op, want hij droeg er niets overheen. Op school waren er dan ook veel kinderen die er iets van zeiden. Ook Binkie Baars, die in de rij naast hem zat. 'Je hebt je t-shirt achterstevoren

aan', zei Binkie tegen Hendrik. Hendrik hoorde direct dat Binkie het verkeerd zei, namelijk met een kleine letter 't', terwijl T-shirt juist een hoofdletter 'T' heeft. Hij draaide zich dan ook om en zei heel langzaam: 'Ik draag geeneens een t-shirt.'
Ook Jasperine van Brugstraten zei iets van zijn T-shirt. Jasperine was een meisje op wie Hendrik misschien wel ooit verliefd zou kunnen worden, als hij er tenminste een keer achter zou komen wat 'verliefd worden' was. 'Je hebt je T-shirt achterstevoren aan', zei Jasperine in de kleine pauze nadat ze hem een tijdlang had staan aankijken. Hendrik knipoogde naar haar, eerst met zijn rechteroog en daarna met zijn linker. Daarmee wilde hij zeggen: ja, ik weet het, maar ik draag het expres zo. Tot slot knipoogde hij per ongeluk een keer met beide ogen tegelijkertijd. Jasperine glimlachte daarop lief naar hem, zoals ze vaker deed. Jasperine moet in ieder geval ook nooit doodgaan, besloot Hendrik op dat moment.

Na de actie met zijn T-shirt stapte Hendrik op een vrijdagmiddag een winkel binnen waar ze horloges verkochten. 'Hebt u ook horloges die van achter naar voren lopen?', vroeg hij aan de man die achter de toonbank stond.
'Wat bedoel je?', vroeg de man.
'Ik zoek een horloge dat van achter naar voren loopt', herhaalde Hendrik.

'En waarom zoek je dat als ik vragen mag?', vroeg de man.

'Voor de grein', antwoordde Hendrik, die eigenlijk 'voor de gein' had willen zeggen, maar blijkbaar ook aan 'voor de grap' had gedacht, waardoor hij per ongeluk 'voor de grein' zei.

'Juist ja, voor de grein', zei de horlogeman.

Hendrik grinnikte even. 'Nou ja', zei hij, 'ik wil gewoon weten of ze bestaan?'

De man knikte een paar keer, draaide zich om, maakte een kastdeurtje open en haalde er een horloge uit, draaide zich weer om en legde het horloge op de toonbank.

'Deze heb ikzelf ooit voor de grein gemaakt', zei hij.

Hendrik zag meteen dat dit het horloge was dat hij bedoelde, want de secondewijzer liep inderdaad achteruit.

'Is-ie duur?', vroeg Hendrik.

'Nee, juist niet', zei de man, 'slechts 9 euro 90.'

Dat was zeker niet te duur, vond Hendrik, al had hij het geld nu niet bij zich. Hij sprak met de man af dat hij de volgende dag terug zou komen en het horloge dan zou kopen.

Een dag later liep Hendrik rond met zijn net gekochte terugloophorloge. Hij vond het er prachtig uitzien. Hoe later het werd, hoe vroeger het was. Zelfs als het donker werd, kon het licht zijn. Dat was ook precies wat er moest gebeuren als je niet dood wilde gaan. Hendrik besloot zijn horloge de eerstvolgende maandagmorgen eens echt goed uit te proberen. Vanaf halfacht precies. Op die tijd stapte hij zoals altijd uit zijn bed en ging naar de wc. Normaal gesproken ging hij daarna naar beneden om te eten, maar in plaats daarvan kroop hij nu terug in bed, want het was intussen vijf vóór halfacht geworden.

Zijn moeder riep van beneden: 'Hendrik, opstaan!' En even later hoorde hij haar opnieuw roepen: 'Hendrik, d'r uit!'

Maar hij bleef liggen, want volgens zijn horloge hoorde hij nu te slapen.

Toen zijn moeder naar boven kwam om te kijken waar hij bleef, was het op zijn horloge kwart over zeven.

'Hendrik, schiet nou eens op', zei zijn moeder.

Hendrik deed alsof hij net wakker werd en zei: 'Nee, ik blijf in bed.'

'Ben je ziek?', vroeg zijn moeder.

'Ja, maar ik ga niet dood', antwoordde Hendrik vlug.

'Hoezo, ben je erg ziek dan?', vroeg zijn moeder.

'Nee, juist niet', zei Hendrik, 'ik ben niet doodziek, maar ik kan niet naar school. Nog niet.'

'Dus je bent een beetje ziek?', vroeg zijn moeder nu.

Hendrik stak zijn linkerhand wat omhoog en deed zijn duim en wijsvinger een klein stukje van elkaar. 'Zoveel', zei hij.

'Goed', zei zijn moeder, 'dan bel ik de school om te zeggen dat je vandaag niet komt.'

Toen zijn moeder naar beneden liep, begreep Hendrik al snel dat er een probleem was. Want wanneer zou hij volgens zijn nieuwe horloge dan wél naar school kunnen? Pas als het drie uur 's middags zou zijn. Maar dan was het in werkelijkheid twaalf uur 's nachts. Als je 25 jaar oud bent, is dat misschien niet zo'n rare tijd, maar Hendrik was pas 12. Dat ging dus niet. Hij dacht nu even diep na en zei toen tegen zichzelf: 'Juist ja.' Het waren de woorden die ook de horlogeman had gezegd. Hendrik had ze wel mooi gevonden. 'Juist ja.' Hij sprong uit bed, rende naar beneden en riep luidkeels, nog voordat hij zijn moeder zag. 'Ik ga toch naar school!'

Na deze gebeurtenis duurde het een tijdje voordat Hendrik weer iets nieuws durfde uit te proberen. Toen bedacht hij dat hij af en toe, stiekem, als niemand het zou zien, achteruit kon gaan lopen. Eigenlijk had hij liever iets anders willen doen, namelijk achteruit ademen terwijl hij zou praten – zoals paarden doen als ze hinniken – maar dat had hij één keer geprobeerd terwijl hij een lolly in zijn mond had, en toen was hij bijna gestikt. Achteruitlopen leek hem minder gevaarlijk. En bovendien was achteruitlopen iets waar je heel moe van kon worden. En als je moe werd, was je 'doodop'. Dat woord was ook precies het woord dat Hendrik nodig had. Want 'doodop' betekent dat de dood op is, meende Hendrik. En als de dood op is, is er dus geen dood meer en kun je ook niet meer doodgaan.

Het was die dag vrijdag. Op weg naar school, halverwege de Lindelaan, besloot Hendrik te beginnen met achteruitlopen. Een heel eind verderop zag hij Liesje en Lotje, die bij hem in de klas zaten. De vraag was welke kant hij op moest lopen. Moest hij achteruit in de richting van de school gaan of achteruit in de richting van zijn huis? Hendrik koos voor het eerste, want als hij naar huis zou lopen, zou zijn moeder weer allerlei vragen gaan stellen. Dat was niet handig. Dus draaide hij zich om, met zijn gezicht in de richting van waar hij vandaan kwam, waarna hij achteruit begon te lopen, in de richting van de school. Hij deed het in het begin heel voorzichtig, maar hij merkte dat hij daarvan niet doodop werd. Dus begon hij wat harder achteruit te lopen, en nog wat harder en nog wat harder, heel erg hard, en toen … toen gebeurde het. Hendrik struikelde en viel. Hij viel zo ongelukkig dat hij languit op de weg belandde, precies op het moment dat er een auto veel te hard kwam aanrijden. 'Help, ik wil niet dood', riep Hendrik. Hij hoorde de auto remmen en zag hoe hij begon te slingeren. En hij hoorde iemand roepen: 'Sta op.' Maar hij was te doodop om te kunnen opstaan. Wel kon hij nog denken, want hij moest aan de woorden van zijn opa denken: 'Iedereen gaat ooit dood.' En toen mompelde hij: 'Opa heeft toch gelijk gehad.' Intussen hoorde hij nog altijd het piepende geluid van een remmende auto, maar hij durfde niet meer te kijken. Iemand schreeuwde: 'O God.' En toen ... toen volgde er een enorme klap. Hendrik wilde 'Au' roepen, maar hij besefte dat de auto niet tegen hém opgebotst was maar tegen één van de bomen van de Lindelaan. Hij draaide voorzichtig zijn hoofd opzij. Hij zag de boom en de ingedeukte auto. Ik ben niet dood, stelde Hendrik vast. En hij zag iemand uit de ingedeukte auto kruipen. Een vrouw. 'En die is ook niet dood', zei hij hardop. En meteen daarop kwam er nog iemand uit de auto gekropen. Ook een vrouw. Die was dus ook al niet dood. Misschien helpt achteruitlopen dan toch, dacht Hendrik, terwijl hij ergens in de verte een sirene hoorde. Langzaam kwam hij weer overeind. Hij zag Liesje en Lotje staan. En tot zijn verbazing ook Jasperine. Ze lachte lief naar hem. 'Doet het zeer?', vroeg ze.

3
Hendrik Joppers en zijn ideaal

Ze deden het nergens anders in Nederland en ook niet in België, wist Hendrik Joppers. Volgens hem deden ze het helemaal nergens op de wereld, behalve in hun kleine dorp, en dan ook nog maar één keer per jaar. Idealen schieten.

De meeste mensen die niet in hun dorp woonden, wisten niet eens wat idealen schieten betekende. Hendrik vertelde er soms over als hij ergens op vakantie was. Maar dan zei bijna iedereen altijd meteen: 'Idealen schieten? Wat is dat nou weer?'

'Nou', zei Hendrik dan, 'je kiest iets waarvan je hoopt dat het ook echt ooit gebeurt of werkelijkheid wordt of dat je heel graag wilt hebben. Dat is je ideaal. En dat schrijf je dan op een voetbal. Met die voetbal neem je een strafschop op een echt voetbalveld met een doelman of doelvrouw in het doel. Als je de strafschop maakt, heb je meer kans dat je ideaal ooit uitkomt dan wanneer je mist. Tenminste, dat geloven wij in ons dorp.'

'Rare gewoonte', zeiden de meeste mensen als Hendrik klaar was met zijn uitleg. Maar Hendrik zelf vond het helemaal niet raar. Hij wist niet beter. Idealen schieten deden ze al jaren in zijn dorp. Altijd op de eerste zaterdag in oktober. Of het nou goed weer was of slecht weer, op de eerste zaterdag in oktober was het in hun dorp idealen schieten.

Hendrik deed dit jaar voor de tweede keer mee. Hij was nu 12. Pas vanaf je 11de kon je meedoen. Er waren ouderen in het dorp die al voor de veertigste of vijftigste keer meededen. Truike Groemans uit de Dorpsstraat deed zelfs al voor de tweeënzestigste keer mee. Ze was nu 77 en vanaf haar 11de jaar had ze slechts vier keer niet meegedaan. Met haar tweeënzestig deelnames was ze recordhoudster in het dorp. Bijna haar hele leven had Truike idealen gehad. En nu dus op haar 77ste nog steeds. Vorig jaar was haar ideaal 'alle goudvissen in een grotere kom' geweest. Maar dat ideaal had het niet gehaald, want de ideale keeper had Truikes ideaal gestopt. Zo kon dat gaan bij idealen schieten. Eind september werd er in het dorp een ideale keeper gekozen via het invullen van stembriefjes, waarop enkele kandidaten stonden die de ideale keeper wilden zijn. De ideale keeper die gekozen werd, moest dan op de eerste zaterdag van oktober op het plaatselijke voetbalveld in het doel gaan staan om zoveel mogelijk idealen te stoppen. Die idealen waren dus gewoon echte ballen waarop de deelnemers met een vilstift hun ideaal hadden geschreven. Hendriks ideaal was vorig jaar 'een hond' geweest, want hij had graag een hond willen hebben. Maar net als Truikes ideaal had de ideale keeper toen ook zijn ideaal weten te stoppen.

Je zou natuurlijk denken dat iedereen bij voorbaat al een hekel had aan de ideale keeper. Die probeerde immers zo veel mogelijk idealen tegen te houden. Maar nee, toch was dat niet zo, want het hoorde nu eenmaal bij het spel. Dit jaar was Jasperine van Brugstraten uit de Kerkstraat de ideale keeper. Ze was de jongste ideale keeper ooit. Hendrik kende haar goed, heel goed zelfs, want ze zaten bij elkaar in de klas. Sterker nog: Hendrik had een soort-van-wat met Jasperine. Zo zei Hendrik het zelf tenminste. Wat een soort-van-wat precies was, wist Hendrik eigenlijk niet, maar hij vond het de beste omschrijving van wat hij voor Jasperine voelde: iets wat andere mensen misschien verliefdheid zouden noemen. Hendrik had al veel gehoord over verliefd zijn, maar hij wist er zelf nog niet het fijne van. Wel had hij de indruk dat hij er dit jaar, in groep 8, veel over te weten zou komen. Maar dat was natuurlijk afwachten. Hij had in ieder geval Jasperine tot zijn ideaal gekozen, omdat hij dus een soort-van-wat voor haar voelde.

Hij had eerst niet eens zeker geweten of dat wel kon: iemand tot je ideaal kiezen. Vrede in de wereld, nergens meer honger, geen racisme, goudvissen in een grotere kom, dat waren idealen waarvan hij wél zeker wist dat ze door de idealencommissie goedgekeurd zouden worden. Want ja, je moest je ideaal wel eerst voorleggen aan een commissie. Maar het ideaal dat hij dit jaar gekozen had, was tot zijn eigen verbazing meteen goedgekeurd. Vandaar dat hij nu op deze eerste zaterdag in oktober op het veld van de voetbalclub stond, waar het idealen schieten net was begonnen. Het was prachtig weer dit jaar, met heel veel toeschouwers op de speciaal gebouwde tribune achter het doel. Hendrik hield de bal waarmee hij straks vanaf de penaltystip zou schieten tegen zijn borst geklemd. Jasperines naam stond er in drie verschillende kleuren op. Hij had er flink z'n best op gedaan.

Er waren dit jaar niet minder dan 88 deelnemers. Hendrik was als zevende aan de beurt. Dat was wel snel en het leek hem ook een nadeel. Jasperine was bij de zevende strafschop beslist nog heel erg fit, waardoor de kans veel groter was dat ze de bal zou stoppen dan wanneer hij pas als tachtigste of als laatste had mogen schieten. Ja, en als je ideaal gestopt werd, kon je het voorlopig natuurlijk wel vergeten.

De vijfde deelnemer was intussen al aan de beurt. Van de eerste vier penalty's had Jasperine er twee gestopt. 'De vijfde deelnemer is Cor de Boring', zei de omroeper, 'met als ideaal honderd liter minder waterverbruik per persoon per jaar in Nederland.'

Cor de Boring nam een lange aanloop, maar hij raakte de bal niet goed, waardoor deze ruim een meter rechts naast het doel ging. Jasperine hoefde er niet eens naar te duiken.

'Helaas, helaas', zei de omroeper, 'maar probeert u desondanks dit jaar toch iets zuiniger aan te doen met water, en geef Cor de Boring een groot applaus.'

Iedereen begon te klappen. Toen het applaus ophield, zei de omroeper: 'De zesde deelnemer is Sascha Konings, en haar ideaal is: geluk voor iedereen. Toe maar, Sascha.'

Sascha legde de bal op de penaltystip en nam ook een lange aanloop. Zij raakte de bal wel goed, maar ze had de pech dat hij net een tikkeltje te hoog ging, waardoor hij op de lat knalde.

'Ooooh', riepen de toeschouwers.

'Jammer voor Sascha', zei de omroeper, 'en jammer voor de mensheid.'

De mensen klapten deze keer uit zichzelf.

Nu was Hendrik aan de beurt.

'Onze zevende deelnemer is Hendrik Joppers', zei de omroeper, 'en Hendriks ideaal is Jasperine. Jawel, u hoort het goed. Hendriks ideaal is de ideale doelman van dit jaar, die nog maar twee strafschoppen heeft doorgelaten.'

Jasperine stond helemaal verbaasd te kijken, want zij had van tevoren niet te horen gekregen welke idealen er allemaal waren. En nu hoorde ze dus dat zij Hendriks ideaal was, terwijl ze niet eens wist dat Hendrik een soort-van-wat met haar had. Nou ja, misschien vermoedde ze wel iets, maar het kon nooit veel zijn. Hendrik zag haar verwarring. Hij dacht: ik moet nu niet meteen schieten; mijn ideaal moet eerst tot haar doordringen. Daarom deed hij alsof de bal niet goed op de penaltystip lag. Hij draaide hem een paar keer om, legde hem enkele centimeters naar voren, en daarna weer enkele centimeters terug. Toen pas keek hij op. Jasperines verbazing was nu verdwenen, zag hij. Ze keek hem serieus en geconcentreerd aan. Wat zou ze denken, vroeg Hendrik zich af. Maar daar kon hij niet echt lang bij stilstaan, want het werd tijd dat hij ging schieten. Hij liep een paar meter terug, maar niet zo ver als Cor de Boring en Sascha Konings hadden gedaan. Vanaf de tribune klonk al applaus, of nee, het was een langzaam handgeklap waarmee de mensen zijn aanloop wilden begeleiden.

Klap-klap-klap-klap.

Links, zei Hendrik in zichzelf, ik schiet hem in de linkerhoek. Hij liep op de maat van het handgeklap naar de bal, versnelde opeens, en zette toen de binnenkant van zijn rechtervoet tegen de bal. De bal zeilde in een mooie boog naar de linkerbovenhoek, terwijl Jasperine naar de andere hoek dook. Er klonk gejuich van de tribunes. Hendrik stak zijn armen in de lucht. Hij had gescoord. Hij maakte een paar sprongetjes, waarbij hij zijn onderbenen naar achteren zwierde en met de hakken van zijn schoenen tegen zijn achterwerk klapte.

Toen pas keek hij naar Jasperine. Die lag glimlachend op de grond.

'Dat was een geweldige trap van Hendrik Joppers', hoorde Hendrik de omroeper zeggen, 'en kijk eens hoe blij hij is. En terecht. En zijn ideaal ligt er verslagen bij, maar ze moet weer snel opstaan, want de volgende schutter staat al weer gereed: Truike Groemans.'

Hendrik liep met een gebalde rechtervuist van het veld af. Hij schudde de vuist een paar keer op en neer. Het is gelukt, dacht hij. Aan de rand van het veld ging hij op de grond zitten om te kijken hoe Truike haar strafschop zou nemen. Truikes ideaal was dit jaar hetzelfde als vorig jaar: alle goudvissen in een grotere kom. Truike was inmiddels al zo oud dat ze niet eens meer goed kon lopen. Ze kon in ieder geval geen echte aanloop nemen, maar alleen nog maar een beetje waggelen.

'Truike-Truike-Truike', riep het publiek in koor.

Hendrik zag Truike naar de bal toe waggelen. Als ze maar niet valt, dacht hij. Maar dat deed ze niet. Ze wist de bal zelfs goed te raken, maar haar schot was niet hard. Bovendien ging de bal niet naar een hoek, maar recht vooruit. Hendrik merkte dat Jasperine even nadacht. Ze had gewoon kunnen blijven staan; dan had ze de bal zo kunnen pakken. Maar hij zag dat ze besloot te duiken, in de linkerhoek, weg van de bal, zodat Truike het dit jaar wél zou halen. Truike zelf had het niet in de gaten. Niemand had het in de gaten, dacht Hendrik. Maar hijzelf wist het zeker. Jasperine dook met opzet naar de hoek om de bal te missen. Truikes bal verdween dan ook in het doel. 'Jippie' schreeuwde Truike met een hoog stemmetje. Hendrik keek naar Jasperine, die alweer overeind krabbelde. Ze keek ook even naar hem. Hendrik meende dat ze naar hem knipoogde. Wat een geweldig ideaal heb ik, dacht hij vol trots.

4
Hendrik Joppers en de vrede

De school van Hendrik Joppers was een vreemde school. Een heel vreemde school. Het gebouw was een soort vuurtoren. Rond en heel hoog, met zwaai-lichten op de bovenste verdieping en een sirene. Op de begane grond was de lerarenkamer en het computerlokaal. En daarboven zat op elke verdieping steeds een groep: groep 1 op de eerste verdieping, groep 2 op de tweede verdieping en zo verder. De school telde precies acht groepen en meer konden er ook niet in, want het gebouw was dan wel hoog, maar niet – om zo te zeggen – erg dik.

Aan de buitenkant van het gebouw slingerde zich een glijbaan drie keer in de rondte. Vanuit elke ver-dieping was die glijbaan via een speciale deur bereik-baar. In de pauzes en aan het einde van de schooldag mochten de kinderen altijd via de glijbaan naar be-neden. Niet allemaal tegelijk natuurlijk, maar groep voor groep. Dat was een mooi gezicht. Een kwartier lang zag je dan kinderen naar beneden suizen, om het gebouw heen, steeds lager, tot ze beneden op de speelplaats op een zacht kussen landden. Maar om in hun lokaal te komen, moesten de leerlingen trappen klimmen, want een lift was er niet in de school. Hoe hoger de groep was waarin je zat, hoe meer je moest klimmen. Maar niemand vond dat erg. Ook de kinderen niet die slecht konden lopen, want die werden gewoon naar boven gedragen.

De zwaailichten en de sirene die boven op het dak van de school zaten, werden gebruikt op speciale dagen: aan het begin van het nieuwe schooljaar en aan het begin van elke vakantie. Hendrik had ooit aan de directrice gevraagd waarom de sirene niet elke dag mocht loeien, bijvoorbeeld om de pauzes aan te kondigen en het einde van de schooldag. Maar dat ging niet, had de directrice hem gezegd. De sirene maakte zoveel kabaal dat er klachten zouden komen van mensen uit de buurt.

Behalve dat het schoolgebouw vreemd was, waren ook de leraren op de school van Hendrik vreemd. Of vreemd eigenlijk niet, het waren allemaal verschillende leraren. Nu zijn leraren natuurlijk altijd wel verschillend, maar de leraren op de school van Hendrik waren op een andere manier verschillend: ze kwamen allemaal uit een ander land. De directrice, die meestal beneden in de lerarenkamer zat te werken, was een Nederlandse. In groep 1 stond een Duitse juffrouw en in groep 2 een Chinese. Groep 3 had een meester uit Griekenland en in groep 4 stond een juffrouw uit Engeland. In groep 5 hadden de kinderen een meester uit Japan. Van groep 6 kwam de juffrouw uit Rusland, in groep 7 stond een meester uit India, en Hendrik, die in groep 8 zat, had een juffrouw uit Portugal. Natuurlijk spraken alle juffrouwen en meesters goed Nederlands, maar één uur per week gaven ze les in de taal van het land waar ze vandaan kwamen. Nou is één uur per week misschien niet veel, maar toch leerden de kinderen er wel iets van. Bijvoorbeeld dat ze in bijna elke taal anders niezen. In het Nederlands en het Duits is het hatsjie. Maar de Chinese juffrouw uit groep 2 zei altijd ah-tee. Bij de Griekse meester uit groep 3 klonk het niezen als ap-tou. De Engelse juf uit groep 4 zei aah-choo. De Japanse meester uit groep 5 hield het op hakshon. De Russische juf uit groep 6 niesde als up-tchee. De Indiase meester uit groep 7, die Hindi sprak, zei ak-chee. En de Portugese juf uit Hendriks groep ten slotte maakte er atchim van.

Er waren kinderen uit Hendriks groep die alle niesvarianten die ze op school ooit gehoord hadden van buiten kenden. Sommigen lieten dat ook horen als ze een echte niesbui hadden: hatsjie, ah-tee, ap-tou, aah-choo, hakshon, up-tchee, ak-chee, atchim.

Dat de Nederlandse directrice en de Duitse juf uit groep 1 hetzelfde niesden, betekende natuurlijk niet dat ze alles hetzelfde deden. Nee, er zijn genoeg verschillen tussen het Nederlands en het Duits. De Nederlandse directrice en de Duitse juf hadden bijvoorbeeld toevallig allebei thuis een haan. Een enkele keer deden ze die op school wel eens na. En dan bleek dat de Nederlandse haan kukeleku kraaide, terwijl de Duitse haan kikeriki zei.

De buitenlandse invloed van de juffen en meesters op de school van Hendrik bleef niet beperkt tot het wekelijkse lesuurtje in een vreemde taal. Eén keer per jaar ging elke klas ook twee weken op schoolreis naar het land waar de juf of meester vandaan kwam. Dat was natuurlijk een enorme belevenis. Zo was Hendrik dus al ooit in China en Rusland geweest, en dit jaar zou hij naar Portugal gaan. Helemaal met de bus. Via België, Frankrijk en Spanje.

Behalve het schoolgebouw en de leraren was er nóg iets vreemds op de school van Hendrik. Elke leerling mocht er namelijk één dag per jaar zelf voor meester of juf spelen. En vandaag was Hendrik aan de beurt om de taak van juffrouw Maria Lourdes over te nemen. De juffrouw was natuurlijk wel in de klas aanwezig, maar Hendrik mocht zeggen wat er ging gebeuren. En hij had ook alles zelf moeten voorbereiden. Het was heel bijzonder wat hij bedacht had, maar dat mocht ook wel, want hij zat immers op een bijzondere school.

'Hallo', zei Hendrik aan het begin van de lesdag tegen de andere kinderen uit zijn klas, 'vandaag gaan we vrede stichten.' Hij wachtte een paar tellen en voegde er toen aan toe: 'Over de hele wereld.' De meeste kinderen uit zijn klas keken hem niet-begrijpend aan. 'Nou', zei Hendrik, 'je kunt aan iemand vragen: wil je vrede? Daar kan iemand dan "ja" of "nee" op antwoorden. En nou heb ik uitgerekend dat het mogelijk is om in één dag iedereen op de wereld die vraag te stellen. Dat betekent dat we vanavond weten hoeveel mensen er vrede willen en hoeveel niet, en ook welke mensen dat zijn. En nou is mijn plan om alle mensen die geen vrede willen op een eiland bij elkaar te zetten. En daar mogen ze dan doen wat ze willen. Maar ze mogen er niet meer vanaf, behalve degenen die van mening veranderen.'

Hielke Tromp stak zijn vinger op. 'Je kunt toch nooit alle mensen op de wereld in één dag bereiken', zei hij. 'Jawel', zei Hendrik, 'iedereen in de klas krijgt zo meteen van mij een mobiele telefoon; een echte. Die heb ik mogen lenen van het bedrijf waar mijn moeder werkt. Iedereen gaat straks zo veel mogelijk mensen bellen. En je vraagt aan die mensen of ze vrede willen. En de mensen die werkelijk vrede willen, vraag je weer of zij ook zo veel mogelijk mensen willen bellen, en zo verder.'

'Da's mooi', zei Hielke, 'maar wat doe je met de mensen die geen telefoon hebben?'

'Daar heb ik iets op gevonden', zei Hendrik. 'Via de juffrouw heb ik geregeld dat we vandaag de hele dag ook in het computerlokaal mogen. En daar gaan we via internet dezelfde vraag stellen en doen we weer een oproep aan iedereen om anderen ook dezelfde vraag te stellen.'

'Maar iemand die geen telefoon heeft, heeft zeker geen internet', zei Hielke.

'Dat hoeft niet', reageerde Hendrik, 'maar let op, ik heb met het Jeugdjournaal geregeld dat ze aan het einde van de morgen in een speciale uitzending van school-tv mijn oproep uitzenden. En het Jeugdjournaal zelf heeft aan alle buitenlandse jeugdjournaals gevraagd of die mijn oproep willen overnemen. En bovendien gaan ze dan zeggen dat mensen die weten hoe de tamtam werkt via de tamtam dezelfde vraag moeten stellen aan mensen die geen telefoon, internet en televisie hebben. Verder heb ik aan postduiven-houders gevraagd of ze hun allerbeste postduiven op pad willen sturen. Van de directrice mogen we verder de sirene even aanzetten en de zwaailichten. En aan de echte vuurtorens langs de kust heb ik gevraagd of die ook hun zwaailichten aan willen zetten en een speciaal sein willen uitzenden zodat ook iedereen op zee weet wat de vraag is. En klokkenluiders uit het hele land hebben me beloofd dat ze hun klokken gaan luiden. En alle klassen van onze school doen na de kleine pauze mee. Die trekken samen met de meester of juffrouw de stad in om daar aan mensen de vraag over de vrede te stellen. De kans is groot dat andere scholen uit de stad mee gaan doen en dat de actie over-slaat naar scholen in andere plaatsen, en andere lan-den, zeker de landen waar onze juffrouwen en mees-ters vandaan komen.'

voor de postduivenhouders het teken hun postduiven los te laten. En intussen zouden al honderdduizenden mensen via de telefoon en internet benaderd zijn en zouden schepen op zee witte rooksignalen afgeven als antwoord op de zwaailichten van de vuurtorens. Toen Hendrik boven op het dak stond, zette hij de zwaailichten van de school meteen aan. En het duurde niet lang of hij hoorde overal klokken luiden. En nog weer even later zag hij al de eerste postduiven vliegen. Vanaf het dak had hij een mooi uitzicht. Hij keek eens goed rond. Het was heel helder weer en hoewel het helemaal niet kon, meende Hendrik dat hij Lissabon, Timboektoe, Moskou en zelfs Peking zag liggen. Hendrik keek en keek. Maar al snel kon hij niet al te ver meer kijken, omdat de lucht vol met postduiven was. Twee duiven scheerden rakelings langs zijn hoofd. Ze schrokken daar zelf zo van, dat ze het briefje dat ze in hun snavel hadden, lieten vallen. Hendrik raapte de briefjes op en vouwde ze open. 'Peace' stond er op het ene brief en op het andere 'paz'. Achter beide woorden was een vraagteken geplaatst. De duiven die de briefjes hadden laten vallen, bleven rond Hendriks hoofd cirkelen. Ze wilden hun briefje natuurlijk terug hebben. Maar welk briefje hoorde bij welke duif, vroeg Hendrik zich af. Hij wist het niet. Maar Hendrik zou Hendrik niet zijn als hij niet opnieuw een goed idee kreeg. Hij pakte een potloodje uit zijn broekzak en schreef 'paz' op het briefje waar al 'peace' op stond

en 'peace' op het briefje waar 'paz' op stond. Hij vouwde de briefjes weer dicht en hield het ene omhoog in
zijn linkerhand en het andere in zijn rechter. De duiven pikten de briefjes op en vlogen weg. De ene duif
naar het zuiden, de andere naar het westen. En of het
nu kwam door die woordjes 'paz' en 'peace' wist Hendrik niet, maar hij moest opeens piesen. En dat kon
boven op het dak van de school niet. Hendrik maakte daarom het hekje naar de glijbaan open en liet
zich prinsheerlijk helemaal naar beneden suizen. En
terwijl hij dat deed, dacht hij maar aan één woord:
vrede.

5
Hendrik Joppers en zijn piemel

Het kwam zover dat Hendrik Joppers op een dag een stijve piemel kreeg. Het was op een dinsdagmiddag in november. Ongemerkt had hij eerder ook al wel eens een stijve piemel gehad, maar op deze novemberdag was hij er zich voor het eerst echt van bewust dat zijn piemel stijf was. 'Piemel' is trouwens misschien een iets te groot woord, want Hendrik had eigenlijk nog maar een piemeltje. Maar dat was dus wel stijf geworden.

Het was een koude dag, maar binnen in het klaslokaal was het ronduit warm. De verwarming stond heel erg hoog. Als Hendrik nu geen kleren zou dragen, zou zijn piemel beslist strak omhoogwijzen, naar het plafond. Maar Hendrik was niet bloot, want hij zat dus gewoon op school, helemaal achter in de klas in de meest rechtse rij. Naast hem zat Jasperine. Ze hadden nu spelling. Dat was nou niet bepaald een onderwerp waarvan je een stijve piemel krijgt. Maar toch had Hendrik er wel degelijk eentje.

Wat nu gedaan, dacht hij, want hij voelde zich tamelijk ongemakkelijk. Het knelde in zijn broek, waardoor hij sowieso moest gaan verzitten. Jasperine keek hem aan. Is er iets, leek ze te willen vragen, zonder dat ze het ook echt deed. Ja, er was iets en Hendrik wist ook wat, maar hij haalde het niet in zijn hoofd om tegen Jasperine te zeggen: 'Mijn piemel is stijf.' Integendeel. Hij haalde zijn schouders op om Jasperine te doen geloven dat er niks bijzonders aan de hand was. Jasperine glimlachte nu naar hem alsof ze wilde zeggen: 'Jaja, neenee, ik weet heus wel dat je een stijve piemel hebt.' Hierdoor meende Hendrik te voelen dat zijn piemel nog stijver werd dan hij al was, waardoor hij opnieuw moest gaan verzitten.

Hij had natuurlijk al wel eens van andere jongens verhalen gehoord over piemels die stijf werden. Het had met seks te maken, had Hendrik begrepen, met vrijen en meisjes of met denken aan vrijen met meisjes. Maar Hendrik had niet de indruk dat hij nu aan seks dacht en ook niet aan vrijen. Hij had zijn gum op de grond laten vallen en toen hij die opraapte, had hij met zijn hand de blauw-groene panty van Jasperine even aangeraakt. Per ongeluk. Niks bijzonders eigenlijk en het leek hem zeker geen vrijen, om van seks nog maar te zwijgen.

Dus hij begreep niet zo een-twee-drie hoe het kwam dat zijn piemel nu stijf was. Hij moest aan Binkie Baars denken, met wie hij wel eens op het schoolplein stond te kletsen. Binkie maakte dan soms trekbewegingen met zijn hand ter hoogte van zijn piemel. Gewoon met al zijn kleren aan. Anderen moesten daar altijd om lachen en Hendrik lachte dan mee, hoewel hij niet begreep wat er zo grappig was aan Binkies bewegingen. 'Aftrekken' had Johnny Westend een keer geroepen toen Binkie zijn bewegingen weer maakte. Maar dat woord had Hendrik in verband gebracht met de rekenles die ze net daarvoor gehad hadden.

'Hendrik, schrijf het woord "verrassing" eens op het bord', hoorde hij de juffrouw plotseling zeggen. Hij schrok zich rot. Hij kon nu onmogelijk naar voren lopen, want dan zou iedereen aan zijn gespannen broek kunnen zien dat hij een stijve piemel had.
'Hendrik ...', zei de juffrouw nog eens.
Jasperine keek hem nadrukkelijk aan en legde haar hand op zijn dijbeen om hem aan te sporen op te staan. Maar Hendrik schudde heftig 'nee', zowel naar Jasperine als naar de juffrouw.
'Is er iets, Hendrik?', vroeg de juffrouw.
'Eh, ja, nee, ik ... eh, ik voel me niet lekker', zei Hendrik, 'ik ben een beetje duizelig.'
Hij merkte dat de hele klas nu naar hem keek.
'Nu opeens?', vroeg de juffrouw.
'Nee, sinds net', zei Hendrik.
'Heb je ook hoofdpijn of koorts?', vroeg de juffrouw.
'Nee, dat niet', antwoordde Hendrik.
'Dan ga maar even wat water drinken', zei de juffrouw.
'Nee, eh ..., ik blijf liever even wat zitten', zei Hendrik, die nu merkte dat zijn piemel opeens aanzienlijk minder stijf was, waardoor hij eigenlijk wel

gewoon zou kunnen opstaan. 'Of nee', zei hij er daarom meteen achteraan, 'ik ben al niet meer duizelig.' Hij stond echt op en liep naar voren, en inderdaad, zijn piemel zat weer keurig op zijn vertrouwde plek en van grote gespannenheid in zijn broek was geen sprake meer.

'Verrassing' schreef hij op het bord.

'Inderdaad, met dubbel r en met dubbel s', zei de juffrouw. 'Goed gedaan, Hendrik. Gaat het echt weer?' Hendrik knikte terwijl hij terugliep naar zijn plaats. Van zijn stijve piemel was nu helemaal niets meer over, voelde hij. Toen hij weer op zijn stoel zat, zuchtte hij een keer. Hij vermoedde dat zijn piemel hem de komende tijd nog wel vaker in lastige situaties zou brengen. Dat was geen prettig vooruitzicht. Hij keek eens naar Jasperine. Hendrik wist dat zij piemelloos was en dus nooit last zou krijgen van een stijve piemel. Gelukskont, dacht hij. Jasperine keek hem nu ook aan. 'Is er iets?', fluisterde ze.

Hendrik schudde van 'nee', maar hij dacht: ja, er is iets.

6
Hendrik Joppers en het verdriet

Hendrik Joppers wist heel goed wat verdriet was. Hij had het zelf namelijk gehad. Heel veel zelfs. Dat was toen zijn ouders gingen scheiden. Gehuild had hij. Niet één keer, niet tien keer, maar wel twintig of dertig keer. In de eerste week nadat hij het had gehoord elke dag wel een uur. Allemaal tranen die uit zijn ogen kwamen gerold. Hij had niet begrepen hoe het kon ze dat ze steeds maar bleven komen. Zijn hoofd was net een bron geweest waaruit het water telkens opnieuw opborrelde. Op een gegeven moment was het wel minder geworden, maar door de scheiding van zijn ouders wist hij dus heel goed wat verdriet was. Hij wist het trouwens ook van anderen. Zoals van Sonja, zijn buurmeisje. Haar hond was op een dag doodgereden. Daar had ze heel veel verdriet van gehad, vooral toen de hond in de tuin begraven werd. Hendrik was erbij geweest. Hij had bij het gat gestaan toen de vader van Sonja de hond erin had gelegd. Hijzelf was toen ook verdrietig geworden. Niet dat hij veel gespeeld had met de hond, maar wel met Sonja. En als mensen die je goed kent, verdriet hebben, heb je zelf ook verdriet. Hij had nog een arm om Sonja heen geslagen. Maar daardoor was ze nog harder gaan huilen. En toen had hij zelf een tijdje meegehuild. Niet voor de gezelligheid of zo, het was vanzelf gegaan.

Nu had Hendrik wel eens gehoord dat er een medicijn was tegen verdriet. Sommige mensen die al heel lang verdrietig waren en maar niet vrolijk wilden worden, konden zo'n medicijn van de dokter krijgen. Een of twee pilletjes per dag moesten ze dan innemen. Niet dat ze er reuzeblij van werden, maar het verdriet werd wel wat minder. Raar eigenlijk, dat een pilletje daarvoor kon zorgen, vond Hendrik.

Zelf had hij een heel ander medicijn tegen verdriet ontdekt, een natuurlijk medicijn, dat beter hielp dan alle pilletjes bij elkaar, dacht hij: huppelen.

Echt waar: huppelen.

Gewoon huppelen.

Een tijdje terug had hij op tv een jongen gezien die allebei zijn armen was kwijtgeraakt door een bom die op zijn huis was gegooid. Natuurlijk weer in een of andere domme oorlog van domme mannen die alleen maar aan zichzelf dachten. Hendrik was vreselijk verdrietig geworden toen hij de jongen zag. Allebei je armen kwijt door een bom. Als je tien armen zou hebben, zou het misschien nog niet zo erg zijn, maar je hád er maar twee. En dan ineens was je ze kwijt. Hoe moest dat nu verder? Als die jongen later bijvoorbeeld verliefd zou worden op een meisje, hoe zou hij dat meisje dan vast moeten houden?

Na het zien van de tv-beelden was Hendrik naar buiten gegaan. Achter zijn huis had hij eerst even met de punt van zijn schoen in het zand geschopt, en daarna was hij in de wei achter hun tuin heel boos over een sloot gaan springen. Een keer, twee keer, drie keer, vier keer en maar door. Maar bij de tiende sprong was het mis gegaan, net op het moment dat Hendrik dacht: direct val ik erin. Hij was er inderdaad in gevallen. Eerst alleen met zijn rechterbeen. Maar toen hij dat been op de kant had willen trekken, was hij uitgegleden, waardoor hij achterover was gevallen. Tot aan zijn middel was hij in het water beland. Toen hij weer op de kant was geklauterd, kwam het water uit zijn schoenen gegutst. Hij had daarop een paar huppelpasjes gemaakt om op die manier al het water uit zijn schoenen te pompen. Maar de huppelpasjes waren ongemerkt overgegaan in echt huppelen. En toen opeens had Hendrik de sensatie van huppelen gevoeld. Waauw.
Huppel
Huppel
Huppeldehup.
Hij had zich meteen een stuk beter gevoeld en hij had het zelfs niet meer erg gevonden dat hij drijfnat was.

Hij was maar blijven huppelen en hij was er steeds vrolijker van geworden. Hij begreep er niets van, maar het huppelen voelde geweldig. Hij was wel een kwartier lang blijven huppelen en toen hij stopte, was al zijn verdriet verdwenen. Helemaal weg. Hij was nog wel nat, maar niet meer verdrietig.

Sindsdien had hij vaker gehuppeld als hij verdrietig was. En het verdriet was elke keer heel snel verdwenen. Huppelen hielp dus. Dat was voor Hendrik wel duidelijk. Huppelen hielp tegen verdriet. Als je huppelde, verdween je verdriet. Het was een wondermedicijn en nog gratis bovendien. En je had er ook niet veel ruimte voor nodig.

Hendrik was zo overtuigd geraakt van de kracht van huppelen, dat hij een landelijke huppeldag wilde organiseren om iedereen te tonen hoe goed huppelen tegen verdriet hielp. Maar ja, dat was gemakkelijker gezegd dan gedaan: een landelijke huppeldag. Hoe moest hij dat aanpakken? Na enig nadenken leek het hem verstandig als hij zou beginnen met het organiseren van een huppelwedstrijd in de straat waar hij woonde. Het enige wat hij daarvoor hoefde te doen, was een grote poster maken en wat kinderen uit de buurt aanspreken. Sonja, Farzana, Jan, Dobia, Sjors, Ellemientje, Wesley, hij wist zo al zeven kinderen die zeker mee zouden doen. En hij moest het natuurlijk aan de plaatselijke krant laten weten. Misschien zouden ze wel een verslaggever sturen. Die zou hem dan natuurlijk ook vragen stellen en dan kon hij vertellen waarom hij een huppelwedstrijd had georganiseerd. Hij zou dan antwoorden dat hij huppelen populair wilde maken omdat hij ontdekt had dat huppelen hielp tegen verdriet.

En het gebeurde allemaal precies zoals Hendrik gedacht en gehoopt had. Of eigenlijk verliep het allemaal nog veel beter. In plaats van zeven waren er wel twintig kinderen die meededen aan zijn huppelwedstrijd. En de verslaggeefster van de krant die was gekomen, had ook een fotograaf meegebracht. Mooier had Hendrik het zich niet kunnen wensen. En dat bleek ook wel, want op de dag dat het artikel en de foto over zijn huppelwedstrijd in de krant stonden, kwamen er verschillende kinderen op school naar hem toe die in hun eigen straat ook een huppelwedstrijd wilden gaan houden. En er was ook een directeur van een basisschool, een andere school dan waar Hendrik zelf op zat, die hem opbelde om te vragen of Hendrik op hun school niet voor alle kinderen een huppelwedstrijd kon organiseren.

Zo kreeg het huppelen al snel veel bekendheid, helemaal toen ook kinderen en scholen uit andere plaatsen huppelwedstrijden gingen houden. Binnen een maand was huppelen in het hele land een echte rage. Dat maakte het natuurlijk stukken gemakkelijker om een landelijke huppeldag te houden. In een interview dat Hendrik op de radio gaf, noemde hij gewoon een datum voor die dag: zondag 25 januari. Dan zou de Landelijke Huppeldag plaatsvinden. Hij dacht er nu meteen ook hoofdletters bij als hij de naam noemde. Dus niet meer: landelijke huppeldag, maar Landelijke Huppeldag. Dat klonk nog groter.

En meteen ook kwamen heel veel mensen in actie om voor die dag van alles te organiseren: huppelwedstrijden op een kerkplein, huppelwedstrijden tegen een heuveltje op, huppelwedstrijden voor bejaarden, huppelwedstrijden in de sneeuw als er sneeuw zou liggen, huppelwedstrijden met koekhappen, huppelwedstrijden met huppelprijzen, noem maar op. Het hele land was in de ban van huppelen. Sommige kranten gebruikten al het woord 'huppelmanie'.

Twee dagen voordat de Landelijke Huppeldag zou zijn, kreeg Hendrik een uitnodiging voor een tv-programma. Een praatprogramma. Het heette 'Barend en Van Dorp'. Zijn moeder vond het goed dat hij er naartoe ging, maar alleen als ze hem thuis kwamen ophalen en als ze hem daarna ook weer thuis zouden brengen. De makers van het programma vonden dat geen probleem. En zo kwam het dat Hendrik op vrijdagavond 23 januari aan tafel zat bij Barend en Van Dorp, samen met een man die er altijd zat en met nog één andere gast: een dokter. Die was uitgenodigd omdat hij een paar onderzoeken had gedaan naar het effect van huppelen. Volgens hem klopte het wat Hendrik dus al lang wist: huppelen hielp echt tegen verdriet. Volgens de dokter had het met bepaalde stoffen in de hersenen te maken die door huppelen vrijkwamen en een gunstige invloed hadden op negatieve gedachten. Hendrik knikte steeds als de dokter over zijn onderzoek vertelde. Daarna was hij zelf aan de beurt om vragen te beantwoorden. De eerste de beste vraag was of hij op zijn huppel-idee was gekomen omdat hij misschien zelf vaak verdrietig was.

'Niet zo vaak, maar soms wel ooit', antwoordde Hendrik.

'Ben je niet zo vaak maar soms wel ooit heel érg verdrietig geweest?', vroeg meneer Van Dorp.

'Jawel, toen mijn ouders helaas gingen scheiden', zei Hendrik. Hij sprak een beetje deftig omdat hij dacht dat dat moest op tv.

'Dat vond je heel erg?', vroeg meneer Van Dorp.

'Ja', zei Hendrik, 'dat vond ik meer dan zeer verschrikkelijk erg. Ik kon toen alleen maar huilen en …'

Terwijl hij het vertelde, voelde Hendrik het verdriet weer op komen zetten en zonder dat hij het wilde, begon hij te huilen.

'Ik denk dat je even moet gaan huppelen', zei de man die de vaste gast van het programma was. 'En ik wil wel met je meehuppelen, want ik heb vandaag ook een verdrietige dag gehad', zei hij er meteen achteraan.

'O ja?', vroeg meneer Barend aan zijn vaste gast. 'Wat is er gebeurd dan?' En terwijl Hendrik nog wat doorsnikte, vertelde de vaste gast dat hij de hele dag met zijn vrouw was gaan winkelen. Geen enkele verkoper of verkoopster in geen enkele winkel waar ze iets gekocht hadden, had gevraagd: 'Had u het gehad zo?' En daar had hij zo op gehoopt toen hij die morgen met winkelen begonnen was. 'Had u het gehad zo?' Hij had dat altijd zo'n mooie zin gevonden. Maar niemand kende die zin blijkbaar meer en daarvan was hij héél, héél erg verdrietig geworden.

Daarop vertelden ook meneer Barend en meneer Van Dorp en ook de dokter iets waarvan ze pas nog verdrietig waren geworden. De een was verdrietig geworden om een bejaarde mevrouw die beroofd was door scooterdieven. De ander vanwege een vogel die zich dood had gevlogen tegen het slaapkamerraam van zijn huis. En de dokter vanwege zijn zieke dochtertje die hij niet beter kon maken, ook al was hij zelf dokter. De sfeer aan de praattafel werd door alle verdrietige verhalen steeds verdrietiger, totdat de vaste gast opeens riep: 'We moeten allemaal gaan huppelen.' En hij sprong zelf meteen op. En Hendrik ook, waarna ook de anderen volgden. Allemaal gingen ze huppelen, de hele studio door. Wel vijf minuten. En opnieuw bleek dat het hielp, want daarna was het een vrolijke boel bij Barend en Van Dorp. En omdat het allemaal live op de tv werd uitgezonden, werd de huppelrage in het land alleen maar groter. En de Landelijke Huppeldag werd natuurlijk een groot succes, al kon het sneeuwhuppelen wegens gebrek aan sneeuw niet doorgaan.

Toen Hendrik de week daarna op een avond in zijn bed lag te denken aan zijn grote huppelsucces, werd hij opeens weer verdrietig. Niet om de scheiding van zijn ouders, maar omdat hij opeens weer moest denken aan de jongen zonder armen die hij weken geleden op tv had gezien. Hoe zou het met hem gaan? Zou hij nog veel pijn hebben? Allebei je armen kwijt. Wat vreselijk.

Hendrik merkte dat hij deze keer niet meteen weer wilde gaan huppelen om zijn verdriet te verjagen. Hij wilde nu graag even een beetje verdrietig zijn en ook een beetje huilen. Het werd uiteindelijk zelfs meer dan een beetje. Maar ook toen wilde Hendrik niet gaan huppelen.

Misschien morgen weer, dacht hij.

7
Hendrik Joppers en het laten van scheten

Hendrik Joppers liet wel eens een scheet.
Prrt.
Meestal deed hij dat in bed waar toch niemand was die het rook, behalve hijzelf natuurlijk, maar hij vond zijn eigen scheten meestal juist wel lekker ruiken. Dat kwam dus goed uit. Soms echter liet hij ook een scheet waar anderen bij waren. Dat was natuurlijk niet netjes. Mensen vinden scheten die van anderen afkomstig zijn namelijk stinken. En je moet mensen natuurlijk niet in de stank van jezelf gaan zetten. Hoe het kwam dat Hendrik soms een scheet liet in gezelschap, wist hij eigenlijk niet precies. De scheet floepte er meestal zonder nadenken uit. Nou ja, de scheet kon zelf natuurlijk niet nadenken, het was Hendrik die er niet bij nadacht. De scheet was er uit voor hij er erg in had.

Toch was Hendrik geen viezerik. Natuurlijk wel op de momenten dat hij in gezelschap een scheet liet, maar voor de rest was hij meestal heel netjes. Op de wc bijvoorbeeld zette hij altijd de bril omhoog als hij staand plaste, en hij schrobde de wc-pot helemaal schoon als zijn poep na het doortrekken niet helemaal wegspoelde. Verder waste hij voor het eten zijn handen.

En een warme maaltijd at hij met mes en vork, terwijl hij soep zonder slurpen naar binnen werkte. Hij spuugde ook nooit op de grond. Nee, Hendrik was een heel nette jongen. Maar er moest wel dringend iets gebeuren aan die onverwachte scheten die hij af en toe liet, want dat kon zo echt niet langer.

Hoe kom ik eraf, vroeg Hendrik zich af. Het leek hem nog een heel probleem, zeker omdat ze zo onverwachts kwamen. Volgens zijn moeder was het gewoon een kwestie van concentratie. 'Een wind voel je altijd aankomen', zei ze tegen Hendrik (zij sprak inderdaad van 'wind' en niet van 'scheet'). 'Helemaal onverwachts zijn ze nooit', vond ze. 'Je moet er gewoon heel goed op letten en als je denkt dat er eentje aan komt zetten, knijp je je sluitspier samen om hem tegen te houden.' Dat had Hendrik zelf natuurlijk ook wel kunnen bedenken, maar volgens hem werkte het zo niet. Hij voelde sommige scheten echt niet aankomen. Misschien was het wel een soort ziekte die hij had, dacht hij. Daarom besloot hij op een dag naar de dokter te gaan om zijn probleem eens voor te leggen aan iemand die er echt verstand van had.

'Een geval van flatulentie', zei de huisarts meteen.

'Het heeft een naam?', vroeg Hendrik verwonderd.

'Ja, flatulentie', zei de huisarts. 'Daar hebben meer mensen last van.'

Dat vond Hendrik een hele geruststelling.

'Is er wat aan te doen?', wilde hij desondanks weten.

'Kijk', zei de huisarts, 'een flatus (de huisarts zei geen 'scheet' en ook geen 'wind', maar 'flatus') is het gevolg van gas in de darmen dat naar buiten moet. Dat kan ook via de mond en dan laat je een boer. Maar meestal komt het via de anus.'

Hendrik knikte begrijpend.

'In de meeste gevallen', zo sprak de dokter verder, 'ontstaat het darmgas door een bepaald soort voedsel, zoals bonen. Bij de afbraak daarvan tijdens de spijsvertering ontstaat gas. Maar het darmgas kan ook ontstaan doordat je te snel eet of doordat je te veel lucht hapt, bijvoorbeeld als je heel nerveus bent.'

'Juist ja', zei Hendrik.

'En een flatus stinkt vanwege de bacteriën in je darmen; die bacteriën veroorzaken een soort rottende geur', aldus de dokter.

'Juist ja', zei Hendrik nog een keer.

'Ik raad je aan een tijdje geen bonen te eten, goed te kauwen en niet met je mond open te slapen', zei de huisarts.

Hendrik knikte opnieuw.

'Ik hoef geen pilletjes te slikken?', vroeg hij.

'Nee, echt niet', zei de huisarts.

'En ik hoef ook niet geopereerd te worden?', vroeg Hendrik voor de zekerheid.

'Nee, zoiets kan met een operatie echt niet verholpen worden', zei de huisarts glimlachend. 'Het is ook geen ziekte.'

'Maar het heeft dus wel een naam', vroeg Hendrik.
'Dat wel', zei de dokter. 'Flatulentie.'
Dat klinkt als gefeliciteerd, dacht Hendrik, maar dat
zei hij niet tegen de dokter. Wat hij wel zei, was:
'Bedankt voor uw advies.' Hij stond op en juist op
dat moment liet hij per ongeluk een scheet.
'Dat bedoel ik dus', zei Hendrik. 'Ik heb hem zelf niet
eens horen aankomen.'
'Geen bonen, goed kauwen en door je neus ademen,
dan verdwijnen ze vanzelf', zei de dokter, die een
beetje ongeduldig begon te worden.
'Nogmaals bedankt', zei Hendrik.
Hij gaf de dokter een hand en verliet de spreekkamer.

Een week later liet Hendrik inderdaad geen onverwachte scheten meer. Hij had de adviezen van de
dokter goed opgevolgd. Soms kwam er nog wel een
scheet opzetten, maar die kon hij dan gemakkelijk
binnenhouden, omdat ze niet meer zo stormachtig
waren als voor zijn bezoek aan de dokter. Als hij alleen was en niemand hem kon ruiken of horen, gaf
hij een scheet soms als vanouds de vrije doorgang,
maar in gezelschap kon hij nu alles keurig binnenhouden. Daarmee was zijn probleem dus opgelost en
het verhaal zou hier dan ook kunnen stoppen als er
niet nog iets anders was geweest dat de moeite van
het vertellen waard zou zijn. Hendrik was door het
verhaal dat de dokter over de gasvorming had ver-

teld, namelijk op een idee gebracht. Hij dacht dat het mogelijk moest zijn de gasvorming in de darmen positief te gebruiken. Op school had hij bij aardrijkskunde geleerd hoe belangrijk de gaswinning in Nederland was. Het leek hem daarom raar als je met gas dat gratis uit je buik kwam niets positiefs kon doen. Hij dacht aan het maken van een apparaatje dat heel eenvoudig aan de buitenkant van de anus bevestigd kon worden en dat zowel geluiddemper als luchtverfrisser kon zijn. Als iemand een scheet liet, zou het geluid daarvan door de geluiddemper niet meer te horen zijn, terwijl de luchtverfrisser de stank van de scheet zou omzetten in een lekker geurtje. Hendrik vond het zo'n goed idee dat hij zich nauwelijks kon voorstellen dat er niet al eerder iemand op was gekomen. Maar blijkbaar was dat toch niet het geval, wat hij deed overal navraag maar niemand had ooit van een dergelijk apparaatje gehoord.

Hendrik begon daarop op een vrijdagmiddag te knutselen. Hij had nog maar een vaag idee hoe het apparaatje eruit zou moeten zien, maar na een middag knutselen, was hij al een aardig eindje op weg. En hij had er zoveel zin in dat hij er ook op zaterdag en zondag aan werkte. Aan het einde van de zondagmiddag was hij klaar. Het apparaatje dat hij gemaakt had, leek voor een deel op een kurk, of nee, het was voor een deel een kurk. Het uiteinde dat in de anus moest, had hij heel smal gemaakt en daaromheen had hij schuimrubber gedaan, zodat de kurk aangenaam in de anus zou steken. Door het midden van de hele kurk, van boven naar beneden, had hij twee luchtkanaaltjes gemaakt en in de zijkanten twee geurkanaaltjes. Als iemand nu een scheet liet, zorgde de kurk plus het schuimrubber ervoor dat het geluid flink gedempt werd. Het gas kon daarna geluidloos door de luchtkanaaltjes naar buiten stromen, daarbij gevoed door parfum uit de geurkanaaltjes. Dat parfum kwam door het opgevangen scheetgeluid een klein beetje vrij. Dat laatste was het moeilijkste van de hele uitvinding geweest, want hoe zet je geluid om in geur? Daarvoor gebruikte Hendrik een superdunne trillingscondensator, die hij uit een oude telefoon had gehaald. Die trillingscondensator liet hij door het luchtkanaal lopen met onderweg twee aftakkingen naar de geurkanalen die als het ware hun sluisdeuren even openzetten zolang er trilling voelbaar was.

Het was een knap staaltje werk dat Hendrik had geleverd. 'Scheetje' noemde hij zijn uitvinding. En nog dezelfde zondagavond probeerde hij het apparaatje bij zichzelf uit. En het werkte. 'Wat ruikt het hier opeens lekker', zei zijn moeder nadat Hendrik een onhoorbare scheet had gelaten.

Hendrik, die door de kamer liep, keek zogenaamd verbaasd op en zei: 'Ja, ik ruik het ook.' Dat Hendrik liep en niet zat, kwam doordat hij inmiddels ontdekt had dat het lastig was om te gaan zitten met Scheetje in zijn achterwerk. Als je stond was er niets aan de hand, maar als je ging zitten, zat Scheetje behoorlijk in de weg. Dat probleem moet ik dus nog oplossen, dacht Hendrik.

Maar dat viel niet mee. Sterker nog: het viel zelfs tegen. Het wilde maar niet lukken een kurk te maken die niet in de weg zat als je zat. Wat Hendrik ook probeerde en bedacht, de kurk bleef problemen geven bij het zitten. Nou ja, dacht Hendrik op een zeker moment, dan maar niet. Hij zette zijn uitvinderswerk stop en borg Scheetje op in een kast. Hij had gedaan wat hij kon. Dat was niet weinig geweest en toch ook niet helemaal zonder succes. Hij vond zijn Scheetje-project dan ook zeker niet mislukt.

Om al zijn inspanningen gepast af te ronden, at hij twee volle borden bruinebonensoep. Dat bleef niet zonder gevolgen. Terwijl er helemaal niemand in de buurt was, liet hij eerst een harde scheet (proem), toen een donderende wind (vroem-poem-poem) en tot slot een knetterende flatus (proe-poe-poe-poem).

8
Hendrik Joppers en de schoolkeuze

'Dat kan niet', had zijn moeder gezegd, 'dat beroep bestaat niet.'

En zijn juffrouw had het ook gezegd: 'Er is geen enkele school waar je dat kunt leren.'

'Toch wil ik snapper worden', was Hendriks stellige reactie beide keren geweest.

Hij had het besloten kort na de Cito-toets die ze op school hadden moeten maken. Dat was alweer enkele weken geleden nu, maar sindsdien was Hendrik niet van gedachten veranderd.

Op de Cito-toets had hij een tekst moeten lezen over het geloof.

'Geloven is zeker weten dat God bestaat', had er in de tekst gestaan.

'Onzin' had Hendrik meteen bij zichzelf gedacht.

Hij had ook de volgende dag nog enkele keren aan dat zinnetje moeten denken. 'Geloven is zeker weten dat God bestaat.'

Hij vond het echt onzin en begon nu ook te snappen waarom er zoveel mensen waren die uit naam van hun geloof bomaanslagen pleegden, mensen vermoordden, brand stichtten, en andere erge dingen deden. Die mensen dachten dat ze het beter wisten dan God, begreep Hendrik nu. Het waren gewoon allemaal betweters. Geloven betekende juist dat je het niet zeker wist en dat je daarom heel bescheiden moest zijn en andere mensen in ieder geval niet lastig moest vallen met wat je geloofde. Geloven is geloven, meende Hendrik. En hij besloot zijn denkwijze met de conclusie dat als mensen meenden zeker te weten wat ze geloofden, ze juist niet geloofden, want zeker weten is niet geloven. Dus de mensen die het zeker wisten, waren juist ongelovigen.

'Juist ja', zei Hendrik hardop, en hoewel niemand hem kon horen, voegde hij er plechtig aan toe: 'Dit heb ik bij mijzelve overdacht, op een miezerige morgen, domweg gelukkig, in de Akkerstraat.' Dat was namelijk de straat waar Hendrik woonde: de Akkerstraat. En het miezerde ook werkelijk op de dag na de Cito-toets toen hij meende te snappen hoe het zat met het geloof. Daarom ook was hij niet buiten gaan spelen, maar had hij na zitten denken en was hij op het idee gekomen om later snapper te worden. Dan zou hij ook andere mensen kunnen laten snappen dat veel ellende op de wereld te maken had met betweters, die het beter meenden te weten dan God of iemand anders in wie ze geloofden. Als hij die mensen zou kunnen laten snappen dat het tegenstrijdig was wat ze dachten, dan zouden veel ruzies en oorlogen opeens ophouden, dacht hij. Het vond het daarom ook echt belangrijk dat hij snapper zou worden.

'Een snapper is eigenlijk een psycholoog', had zijn moeder gezegd. 'Dus misschien moet je later psychologie gaan studeren en psycholoog worden.'

Maar dat vond Hendrik een te moeilijk woord. Hij kon het niet eens goed uitspreken: spycholoog. Nee, dat kon hij beter niet gaan studeren, want dan zou hij later misschien per ongeluk tegen anderen zeggen: 'Ik ben spycholoog.' Dan zou niemand hem serieus nemen.

'Snapper' was veel beter.

'Inzichter' zou ook kunnen, want het ging erom dat mensen inzagen dat geloven iets anders is dan zeker weten en dat je je geloof dus niet al te serieus moet nemen. Maar ja, 'inzichter' kon je ook nergens leren, hadden zijn moeder en de juffrouw gezegd. Daarom had Hendrik het toch maar op 'snapper' gehouden. Dat was helemaal niet zo raar, want het beroep van kapper bestond immers ook. En 'snapper' en 'kapper' verschilden niet zoveel van elkaar. Het was een kwestie van een paar beginletters. Dat moest op te lossen zijn, dacht Hendrik. Het beroep van snapper bestond nu dan weliswaar nog niet, maar dat hoefde niet zo te blijven. Over een paar jaar kon het al heel anders zijn. En hij moest sowieso toch nog een tijd wachten. Hij zat nu in groep 8. Eerst moest de middelbare school nog komen. Welke middelbare school wist hij nog niet, maar hij had gisteren wel de uitslag van de Cito-toets gekregen. Volgens die toets kon hij naar het vmbo gaan of misschien naar de havo. Hendrik vond het best, het maakte hem allemaal niks uit. Nou ja, hij zou wel graag weer bij Jasperine in de klas willen zitten, maar die had de allerhoogste score voor de Cito-toets gehaald, dus die ging naar het gymnasium. En daar zou hij zelf zeker niet naartoe gaan. Maar hij had vandaag met Jasperine afgesproken dat ze elkaar ook volgend jaar elke dag zouden blijven zien of zouden bellen, dus ook als ze naar een verschillende school zouden gaan. En dat zouden ze ook zeker doen; daar geloofde Hendrik heilig in. En dus weet ik het niet zeker, dacht Hendrik er meteen bij. Daarmee bewees hij eigenlijk al een goede snapper te zijn, zelfs zonder daarvoor een opleiding te hebben gehad.

9
Hendrik Joppers en het vandalisme

Omdat Hendrik Hendrik heet, denk je misschien dat hij een brave Hendrik was. Maar dat was hij niet, tenminste niet altijd. Soms ook wel, maar soms ook niet. Maar ook al was hij dus niet altijd braaf, hij vernielde nooit iets. Hij trapte geen hekjes omver, trok geen bloemen uit bloembakken, schopte niet tegen brievenbussen en gooide geen ruiten in, niet van bushokjes, niet van huizen, niet van kantoren, niet van fabrieken en ook niet van scholen. Hendrik hield daar niet van.

Hij vond het maar slappe en laffe gastjes die dingen vernielden. Hendrik kende er een paar. Hij had al eens zitten bedenken hoe hij ervoor kon zorgen dat ze ermee ophielden. Want het kostte heel veel geld om alle kapotgemaakte dingen weer te repareren of te vervangen. Bovendien vonden veel mensen het natuurlijk erg als er dingen van hen vernield werden. Sommigen konden er 's nachts niet eens van slapen. Dat was niks, vond Hendrik. Iedereen moest elke nacht juist rustig kunnen slapen, meende hij. Daarom bedacht hij een plan. Een heel bijzonder plan. Hij wilde een repnummer maken over vandalisme. Hendrik wist dat je 'rep' eigenlijk met een 'a' moest schrijven (rap), maar hijzelf schreef liever een 'e'. Dat was makkelijker, vond hij. Dan schreef je het woord zoals je het uitsprak.

In repnummers wordt vaak over goede en slechte dingen gesproken en gezongen. Vandalisme behoorde tot de slechte dingen, dus een repnummer kon heel goed over vandalisme gaan, was Hendriks redenering. Als hij met het nummer succes zou hebben, zouden vandalen misschien ook gaan vinden dat ze beter geen dingen meer konden vernielen.

Hendrik vertelde zijn plan aan zijn moeder. Die was meteen heel enthousiast en ze had warempel ook nog een geweldig idee. Ze kende een heel oud repje van vroeger, dat ze ooit van haar eigen opa had gehoord, die natuurlijk geen repper was geweest, maar die wel vaak versjes en rijmpjes had opgezegd. Het repje dat ze kende, ging over een klein gozertje, een zekere Jantje, die eens ergens pruimen zag hangen. Ze kende het hele vers uit haar hoofd en ze dreunde het ook meteen in een repritme op:

Jántje zág eens prúimen hángen
ó, als éierén zo gróót,
't schéén dat Jántje wóú gaan plúkken
schóón zijn váder 't hém verbóód.
Hier ís, zei híj, nóch mijn váder
nóch de túinman díé het zíét.
Aan een bóóm, zo vól beláden

míst men víjf, zes prúímen niet.
Máár ik wíl gehóórzaam wézen
en niet plúkken, ik loop héén.
Zóú ik om een hándvol prúímen
ongehóórzaam wezen? Nééń!

En zo ging het nog een heel couplet door. Hendrik klapte zijn handen zowat stuk toen zijn moeder klaar was, want het klonk geweldig.

'Je moet natuurlijk de tekst wel veranderen', zei zijn moeder, 'maar het ritme lijkt me goed.'

'Ja, heel goed', zei Hendrik. 'Wil je het vers voor me opschrijven?'

'Tuurlijk, dat doe ik nu meteen', zei zijn moeder.

In de dagen erna was Hendrik bezig om de tekst die zijn moeder voor hem had opgeschreven aan te passen. Van 'Jantje zag eens pruimen hangen' maakte hij 'Slapzak ging eens fietsen mollen'. En de zin 'o, als eieren zo groot' veranderde hij in: 'o, hij trapte erop los'. Elke zin paste hij aan. Toen hij de tekst klaar had, belde hij Kasper op, een jongen die bij hem in de buurt woonde en die altijd veel met muziek bezig was en thuis ook een studiootje had, wist Hendrik. Kasper vond het goed als Hendrik langskwam. Op de eerstvolgende zaterdagmorgen ging Hendrik naar hem toe. Hij legde aan Kasper nog eens uit wat zijn bedoeling was. Dus dat hij een tekst had geschreven waarvan hij een repnummer wilde maken, en dat hij het ritme voor het nummer al in zijn hoofd had zitten. 'Oké', zei Kasper op een gegeven moment, 'dan gaan we aan de slag.'

Vier uur later stond Hendrik weer buiten met in zijn hand een cd waarop Kasper het repnummer gebrand had: tekst, muziek, alles, een compleet nummer.

Een maand later kwam Hendrik op 25 binnen in de top-40. De week daarop stootte hij door naar 17 en de week daarop bereikte hij de 9de plaats. Hoger kwam hij niet, maar zijn nummer was intussen toch heel bekend geworden. Het werd op de radio gedraaid, en de platenmaatschappij die het nummer had uitgebracht, had ook een clip laten maken, die werd uitgezonden op TMF en MTV. Hendrik werd voor korte tijd een ster. Hij werd geïnterviewd, er werden foto's van hem gemaakt, hij kreeg uitnodigingen om winkels te openen en bij belangrijke filmvoorstellingen te zijn, enzovoort. Hij vond het allemaal leuk en aardig, maar hij vergat niet waarom het hem eigenlijk te doen was: het stoppen van vandalisme. Dat bleek ook wel toen hij op een vrijdagmiddag met de trein terugkwam van een radio-interview. In de coupé waarin Hendrik zat, zaten ook twee jongens, van wie er eentje op een gegeven moment een viltstift pakte, waarmee hij gewoon op de rugleuning van zijn treinstoel begon te schrijven.

'Hé, wat maak je me nou?', zei Hendrik toen hij zag wat er gebeurde. De jongen keek hem aan alsof hij wilde zeggen: 'Het is toch heel gewoon om treinstoelen vol te kliederen.' Maar al snel verscheen er iets van verwondering op zijn gezicht. 'Ben jij niet die mafkees van dat liedje over "Slapzak ging eens fietsen mollen"'?, vroeg hij. Hendrik knikte. 'Stom nummer', zei de jongen. 'Heel stom nummer', zei de vriend van de jongen. 'Zelden zo'n stom nummer gehoord', zei de eerste jongen. 'Nog nooit van mijn leven zo'n stom nummer gehoord', zei de vriend. Toen gebeurde er iets wat de jongens niet verwacht hadden. 'Ook in mijn vorige leven nog nooit zo'n stom nummer gehoord', ging Hendrik reppend verder op de zinnen die de jongens hadden gezegd. En hij repte meteen door: 'Nog nooit zo'n domdom nummer gehoord, zo'n superdomdom nummer gehoord, zo'n heel domdom superdom nummer gehoord.' En tussen zijn zinnen door maakte Hendrik er typische repgeluiden bij. De twee jongens wisten niet wat ze hoorden. En Hendrik bleef maar doorgaan, en hij begon de jongens tussendoor aan te moedigen om mee te doen, en op een gegeven moment deden ze dat ook. Met z'n drieën wisselden ze elkaar af in het roepen van een zin en het maken van repgeluiden. Sommige andere treinpassagiers begonnen mee te klappen.

Toen opeens waren daar twee conducteurs. Die keken eerst verbaasd naar de drie reppende jongens. Maar toen zag een van de conducteurs dat iemand iets op een rugleuning had geschreven. Hij wees ernaar en zei: 'Heeft iemand van jullie dat gedaan?'
Hendrik en de twee jongens stopten onmiddellijk met reppen, maar niemand gaf antwoord.
De conducteur herhaalde zijn vraag: 'Heeft iemand van jullie dat gedaan?'
'Ik', zei de jongen plotseling die daadwerkelijk de bank aan het bekladden was geweest. En hij begon meteen te reppen:
'En het spijt me zo,
nee zoo,
nee zohohoo.
En ik zal het nooit meer doen,
ik zal het nooit meer doen.
Het spijt me zo,
nee zoo,
nee zohohoo.'

Hendrik en de andere jongen begeleidden de zinnen met wat klak- en tjoekgeluiden.

Toen de reppende jongen uitgerept was, pakte hij een zakdoek uit zijn broekzak, spuugde er een keer op en wreef ermee over de letters die hij op de zitting had geschreven.

Tot zijn eigen verbazing en die van de conducteurs kon hij er alles gewoon weer afvegen.

'Wonderspuug zeker', zei een van de conducteurs. 'Maar een volgende keer toch maar niet meer doen', voegde hij eraan toe.

'Nooit meer', zei de jongen. 'Stomme liedjes bedenken is veel leuker.'

'Veel leuker', zei de andere jongen.

'Dingen vernielen is stom', zei Hendrik, waarop een van de jongens Hendriks repnummer begon te reppen:

'Slapzak ging eens fietsen mollen.
O, hij trapte erop los
't schéén hem niks te kunnen schelen
hij vernielde zelfs 't mooiste stalen ros.'

Bijna iedereen in de coupé begon vervolgens mee te reppen, want ze kenden Hendriks nummer bijna allemaal van buiten. Ook de conducteurs deden dat. Toen het nummer uit was, riep een van hen: 'Mooi, vernielen doen we dus nooit meer iets, maar dan zouden we nu graag jullie kaartjes willen zien.'

10
Hendrik Joppers en het soort jongen

Het was een heel gewone dag geweest, maar hij was toch bijzonder geëindigd omdat Jasperine net voordat de schoolbel ging een blaadje op Hendriks tafeltje had gelegd met daarop de vraag: 'Wat voor soort jongen ben jij eigenlijk?'

Hendrik had haar aangekeken, maar juist op dat moment ging de bel al. Jasperine was meteen opgestaan, had alles in haar kastje gestopt en tegen hem gezegd: 'Ik hoor het morgen wel.'

Daar zat Hendrik dan.

'Wat voor soort jongen ben jij eigenlijk?'

Hij begreep wel meteen dat Jasperine het een belangrijke vraag vond. Dat had hij aan haar gezicht kunnen zien. Er zou dus veel afhangen van het antwoord dat hij zou geven, maar vooralsnog schoot hem geen enkel zinnig antwoord te binnen.

'Wat voor soort jongen ben jij eigenlijk?'

Hendrik kon maar één woord bedenken: ballenjongen. Dat was hij wel eens geweest bij een belangrijke tenniswedstrijd op de tennisclub in het dorp. Toen moest hij steeds over het veld rennen om de ballen op te rapen als een speler een punt had gemaakt.

Maar hij zou natuurlijk nooit tegen Jasperine zeggen dat hij vond dat hij een ballenjongen was.

'Hendrik, ruim jij ook alles op?', zei de juffrouw tegen hem.

'Jaja', zei hij gehaast, 'maar ik heb eigenlijk nog een vraag aan u.'

'Wat wil je vragen?', vroeg de juffrouw.

Hendrik stopte vlug alles in zijn kastje en liep naar de juffrouw toe. Er waren nog een paar andere kinderen in de klas en Hendrik wilde niet dat ze zouden horen wat hij wilde vragen. Toen hij bij de juffrouw was, keek ze hem vragend aan.

'Hoeveel soorten jongens zijn er eigenlijk?', fluisterde Hendrik tegen haar.

'Wat bedoel je?', vroeg de juffrouw.

'Jasperine wil weten wat voor soort jongen ik ben', zei Hendrik, 'maar dan moet ik eerst weten welke soorten er allemaal zijn.'

'Wacht eens', zei de juffrouw, 'ik zal jou eens een mooie lijst geven waarop ze allemaal staan. Dan heb je vandaag thuis nog wat te doen. Ze stuurde eerst de andere kinderen de klas uit, pakte toen een cd-rom uit haar bureaula en stopte die in de computer die naast haar op een apart tafeltje stond. 'Dit is een woordenboek-cd-rom', zei ze toen ze de cd-rom had opgestart. 'Kijk, als ik hier intik 'sterretje(*)jongen' dan krijg ik alle woorden uit het woordenboek die op 'jongen' eindigen. Hier heb je ze al. Dat zijn er behoorlijk wat, zie je dat: ambachtsjongen, arbeidersjongen, ...'

De juffrouw las er een paar voor.

'Ik draai de lijst wel even voor je uit', zei ze.

Twee minuten later liep Hendrik de klas uit met in zijn hand twee blaadjes met daarop een lijst van alle soorten jongens die er waren. Het was echt een lange lijst waarop wel zo'n honderd soorten jongens stonden: bakkersjongen, boerenjongen, herdersjongen, krantenjongen, loopjongen, snotjongen, stinkjongen, enzovoort, enzovoort. 'Ballenjongen' stond er ook op. Van sommige jongens die op de lijst stonden, had Hendrik nog nooit gehoord, zoals van kegeljongen, klossenjongen en penozejongen.

Welke jongen moet ik nu kiezen, dacht hij.

Toen hij thuiskwam, liet hij de lijst aan zijn moeder zien. 'Als jij zou moeten kiezen uit deze lijst, welke jongen vind jij dan dat ik ben?', vroeg hij haar. Zijn moeder nam de lijst eens rustig door.

'Ik ken ze niet allemaal', zei ze.

'Nee, maar je kunt kiezen uit de woorden die je wel kent', zei Hendrik.

'Nou', zei zijn moeder, 'ik weet in ieder geval wel wat je zeker niet bent. Je bent geen weesjongen, geen rotjongen, geen stadsjongen, geen ..., weet je wat', zei zijn moeder plotseling, 'ik zou jou een schooljongen noemen, want dat ben je immers nog: een schooljongen.'

'Dat is saai', zei Hendrik, omdat hij dacht dat Jasperine een schooljongen saai zou vinden.

'Dan noem ik je een boodschappenjongen, omdat je zo vaak boodschappen voor me doet.'

Maar 'boodschappenjongen' beviel Hendrik ook niet erg. Hij geloofde niet dat Jasperine erg lang verliefd zou kunnen blijven op een boodschappenjongen.

'O nee, ik weet het', riep zijn moeder uit. 'Je bent natuurlijk een krullenjongen. Dat ik dat niet meteen gezegd heb.'

'Ik heb niet eens krullen', zei Hendrik.

'Nee', zei zijn moeder, "krullenjongen" betekent "leerling van een timmerman", en je vader is toch timmerman.'

'Weet je niks anders?', vroeg Hendrik ongeduldig.

'Je bent gewoon een lieve jongen', zei zijn moeder.

'Dat is geen soort jongen', zei Hendrik, 'dat staat ook niet op de lijst.'

'Is dit een opdracht voor school?', vroeg zijn moeder.

'Nee, niet voor school', zei Hendrik, 'ik wil het zomaar weten.'

'Of voor Jasperine?', vroeg ze, omdat ze wist dat Hendrik op Jasperine was.

'Nee, het is echt zomaar', zei Hendrik.

De hele verdere dag en ook nog 's avonds in bed bekeek Hendrik de lijst die hij van de juffrouw had gekregen. Er stond eigenlijk niet één woord op dat hem echt aansprak: behangersjongen, leerjongen, paarden-jongen, polderjongen, reclamejongen, zakenjongen. Hendrik vond het allemaal geen woorden die bij hem pasten. Als Jasperine nu naast hem had gewoond, had hij gewoon 'buurjongen' op kunnen schrijven, maar Jasperine woonde niet naast hem, zelfs niet bij hem in de straat of bij hem in de wijk.

Net voordat hij ging slapen, schreef hij op het briefje dat hij van Jasperine had gekregen onder haar vraag wat voor soort jongen hij was: 'Geen idee.'

De volgende dag gaf hij haar het briefje.

Een paar minuten later al kreeg hij weer een briefje terug.

'Dus jij bent een geen-idee-jongen?'

Hendrik moest erom lachen. Misschien was hij dat inderdaad wel. In ieder geval als het om verliefdheid ging. Want hij snapte nog steeds niet hoe het nu werk-te als je verliefd was.

'En wat voor soort meisje ben jij?', schreef hij op een briefje terug.

'Dat mag je zelf bedenken', stond er op een briefje dat hij even later weer van Jasperine kreeg.

En merkwaardig genoeg hoefde Hendrik nu hele-maal niet lang na te denken. Voor zichzelf had hij geen goed woord kunnen vinden, maar voor Jasperine wist hij het meteen: prachtmeisje. Hij schreef het op het briefje en schoof het op Jasperines tafeltje. Vanuit zijn ooghoeken zag Hendrik dat Jasperine zijn brief-

11
Hendrik Joppers en zinloos geweld

Hendrik Joppers zag het toevallig. Hij was in het winkelcentrum een tijdschrift wezen kopen en hij liep terug naar zijn fiets. Toen hij bijna bij zijn fiets was, zag hij drie jongens aan komen. Te voet. Ze waren een jaar of achttien. Ze liepen wat te lachen en stompten elkaar in de maag en sloegen elkaar op de schouders. Voor de gein, zo leek het. De jongens kwamen uit de tegenovergestelde richting van Hendrik. Zij en Hendrik liepen dus als het ware op elkaar toe. Precies tussen hen in, links tegen een muur van de achterkant van een supermarkt, zat een zwerver. Hij zat tegenover de plek waar Hendrik zijn fiets had staan. Er lag een meter of veertig tussen. Op het moment dat Hendrik bij zijn fiets was, waren de drie jongens bij de zwerver. Hendrik pakte het sleuteltje van het fietsslot uit zijn jaszak. Dat was het moment waarop hij opeens geschreeuw hoorde. Hij keek op en zag dat de drie jongens de zwerver aan het schoppen waren. De zwerver had zijn benen opgetrokken en probeerde de trappen af te weren, niet alleen met zijn benen maar ook met zijn armen en handen.

Hendrik wist even niet wat hij moest doen. Maar dat duurde niet lang. Hij herinnerde zich een reclamespotje van televisie dat over zinloos geweld ging. Je moest het alarmnummer bellen, was de boodschap van het spotje. Dat deed Hendrik. Hij pakte zijn mobieltje, terwijl hij verontwaardigd maar ook angstig naar de schoppartij bleef kijken.

'Er komt zo snel mogelijk iemand aan', hoorde hij de vrouwenstem zeggen nadat hij uitgelegd had wat er aan de hand was en waar hij stond. Het geschop ging ondertussen onverminderd door. Hendrik zag dat er meer mensen van een afstand stonden te kijken. Maar niemand deed iets. Hijzelf ook niet. De zwerver was intussen op zijn zij gevallen, waardoor hij zich minder goed kon verweren.

Hendrik kon het bijna niet meer aanzien. Ze schoppen hem dood, de politie komt veel te laat, dacht hij. Een van de drie jongens haalde nu met zijn rechtervoet flink uit en schopte de man hard tegen zijn hoofd. Dat was het moment waarop Hendrik 'Hé!' riep en naar de jongens en de zwerver toe holde. 'Hé', riep hij nog een keer. 'Hou op.' Maar de jongens schopten gewoon door.

Ze schoppen hem dood, dacht Hendrik nog eens. Hij moest iets doen.

'Hé klootzakken', riep hij nu keihard, en hij trok een van de jongens aan zijn jas. De jongen draaide zich om en keek Hendrik woest aan.

'Wat moet jij, miezerig teringventje?', zei de jongen tegen Hendrik.

'Jullie moeten ophouden', zei Hendrik.

Hierop keken ook de twee andere jongens Hendrik aan.

'Ophouden, ophouden?', zei een van hen op dreigende toon. 'We zijn nog maar net begonnen. En direct moeten we jou ook nog in elkaar trappen.'

'Precies', zei een van de andere jongens.

De zwerver lag intussen kreunend van de pijn op de grond te kronkelen. Hendrik keek naar de jongens en vervolgens naar de zwerver. Hij wilde de man helpen weer overeind te gaan zitten, maar de jongens lieten dat niet toe. Ze pakten Hendrik bij zijn jas vast.

'Laat me los', zei Hendrik, die het een beetje merkwaardig vond dat hij geen angst meer voelde.

'Een knal voor je kop kun je krijgen', zei een van de jongens, die meteen ook uithaalde en Hendrik een flinke klap tegen zijn hoofd gaf. Hendrik dreigde achterover te vallen maar hij kon zich nog net staande houden. Ook de twee andere jongens richtten hun agressie nu op Hendrik. Zoals ze eerder de zwerver geschopt hadden, zo begonnen ze nu Hendrik te schoppen. Hendrik had geen schijn van kans de trappen te ontwijken. Hij had kunnen proberen te vluchten, maar dat deed hij niet. Hij bleef staan en verdedigde zich zo goed mogelijk. Maar toen hij steeds meer in de verdrukking kwam, besloot hij zelf tot de aanval over te gaan.

'Hoewauw', schreeuwde hij opeens.

Hij veerde met beide benen van de grond, spreidde zijn armen en draaide z'n lichaam in het rond.

'Hoewauw.'

Met zijn armen raakte hij twee van de drie jongens tegen hun borst en buik.

'Hoewauw', schreeuwde hij nog een keer. En deze keer maakte hij ook enkele karatetrappen, waarmee hij een van de jongen tegen de bovenbenen raakte.

'Hoewauw', begonnen nu ook de jongens zelf te roepen en ze maakten dezelfde karatetrappen als Hendrik. Eén karatetrap kwam zó hard in Hendriks buik terecht, dat hij vooroverklapte. Hij kon daarbij zijn evenwicht niet bewaren en viel op de grond, pal naast de zwerver die nog altijd lag te kreunen.

Nu schoppen ze mij dood, dacht Hendrik, die probeerde weer overeind te krabbelen, maar meteen een schop tegen zijn rug kreeg. Hij kromp ineen van de pijn.

Hulp, dacht hij, hulp is het enige wat me nog kon redden.

'Help', schreeuwde hij daarom heel hard.

'Hou op', hoorde Hendrik nu een vrouwenstem roepen.

'Hé, kom jij ook maar eens hier, stom wijf', schreeuwde een van de jongens tegen haar.

Maar toen was daar meteen ook een sirene. Hij klonkt direct al heel dichtbij.

Dat moet de politie zijn, dacht Hendrik.

'Wegwezen', hoorde hij een van de jongens roepen.
'Nog één keer', zei een andere stem.
Opnieuw voelde Hendrik een schop, deze keer in zijn zij. En hij zag dat ook de zwerver nog een flinke trap kreeg, opnieuw tegen zijn hoofd. Daarop renden de jongens weg. Hendrik liet zich languit op de grond vallen. Hij was niet dood, maar ze hadden hem goed geraakt en hij had veel pijn. Hij voelde ook dat hij bloedde, maar hij wist niet precies waar. Naast hem hield de zwerver plotseling op met kreunen. Hendrik draaide zich naar hem toe en keek hem recht in zijn gezicht, dat helemaal onder het bloed zat. De man glimlachte zowaar naar Hendrik. 'Dankjewel', hoorde Hendrik hem fluisteren.
Nu stonden er opeens heel veel mensen om hen heen. Sommigen bogen zich bezorgd voorover.
'Gaat het?'
'Dat tuig.'
'Ze hadden jullie wel dood kunnen schoppen.'
Even later was de politie er. Hendrik krabbelde overeind. Hij voelde nu dat er een wond bij zijn wenkbrauw zat.
'Is dit de dader?', vroeg een van de agenten aan een omstander. Toen viel Hendrik flauw.

Twee weken later was Hendrik weer redelijk opgeknapt. Zijn verwondingen waren nog niet helemaal hersteld, maar hij had geen pijn meer. De zwerver echter was intussen overleden. Dood dus. Daar schrik je misschien van of je schrikt er niet van, maar hij was dood. De trappen die hij tegen zijn hoofd had gehad, waren zo hard geweest dat hij hersenletsel had opgelopen. De drie jongens hadden hem een hersenbloeding geschopt en daaraan was hij in het ziekenhuis overleden. Hendrik was zelf ook naar het ziekenhuis gebracht, maar hij had dezelfde dag weer naar huis gemogen. Ze hadden zijn hoofdwond gehecht. Voor de rest had hij flink wat blauwe plekken opgelopen. Hij was nog naar de begrafenis van de zwerver gegaan. Samen met zijn moeder. Er waren in totaal niet meer dan zestien mensen op de begrafenis geweest. Acht andere zwervers, een priester, vier mensen van de begrafenisonderneming, Hendrik met zijn moeder, en een vrouw van een jaar of 30. Ze was de enige die had gehuild. Hendriks moeder was naar haar toe gegaan. Ze bleek de zus van de overleden zwerver te zijn.

Hendrik zocht haar op toen hij weer helemaal beter was. Dat was begin mei. Hij had nog vaak aan de zwerver en de drie jongens moeten denken. Hij vond het verschrikkelijk wat er gebeurd was. Dat er jongens waren die zoiets deden, kon Hendrik gewoon niet begrijpen. Hij wilde er iets tegen doen. Er moest een actie komen tegen zinloos geweld. De zus van de overleden zwerver had voor haar broer al een stille tocht georganiseerd, maar nu wilde Hendrik samen met haar iets groters op touw zetten. Ze wilden – hou je vast – heel Nederland omsingelen. Iedereen die tegen zinloos geweld was, moest op de dag dat de zomer zou beginnen naar de grens gaan, naar de oostgrens, de noordgrens, de zuidgrens en de westgrens. En iedereen moest elkaar dan een hand geven, zodat er een soort ketting om Nederland kwam te liggen. Maar aan de kust, ter hoogte van Zeeland moest de ketting openblijven. Door dat gat in de ketting konden de mensen die niet tegen zinloos geweld waren dan geloosd worden in zee. Ook de drie jongens die de zwerver hadden doodgeschopt, want die waren intussen opgepakt. Ze hadden verklaard totaal geen spijt te hebben van hun schoppartij.

Het was een groots plan dat Hendrik en de zus van de zwerver hadden bedacht. Maar Hendrik had al meer grootse plannen gehad die hij ook met succes had weten uit te voeren. En ook deze keer lukte het hem. Het kostte heel veel tijd en heel veel moeite, maar het lukte. Op 21 juni was Nederland zo goed als ingesloten door een ketting van mensen. En 's avonds laat was op het Journaal te zien dat bij Zeeland zo'n vierduizend mensen in zee werden geloosd. 3987 om precies te zijn. Allemaal mensen die dus vóór zinloos geweld waren. Ze werden opgegeten door een paar haaien, die je normaal gesproken nooit voor de Zeeuwse kust zag. Dat van die haaien was eigenlijk

12
Hendrik Joppers en de musical

Op de school waar Hendrik Joppers zat, werd aan het einde van het schooljaar – zoals op veel basisscholen – een musical opgevoerd. Dat gebeurde in groep 8. De groep van Hendrik dus. De musical werd gezien als het afscheid van de basisschool. Iedereen uit de groep had natuurlijk een rol gekregen. Hendrik had de rol van schaar. Dat klinkt misschien raar, maar Hendrik moest werkelijk een knipschaar spelen. Zo was hij ook verkleed. Zijn benen waren de benen van de schaar. Er waren grote kartonnen platen voor gebonden, die naar onderen toe spits waren afgeknipt zodat het onderste gedeelte op de spitse punten van een schaar leek. Om zijn buik en borst zat ook karton gebonden, net als om zijn hoofd. Bij zijn hoofd zaten wel twee gaatjes in het karton ter hoogte van zijn ogen, zodat hij kon zien waar hij liep. Om zijn oren zaten grote plastic flaporen, waar grote gaten in waren gemaakt. Die grote gaten waren zogenaamd de gaten van de schaar, waar je je vingers in moest zetten.

De juffrouw van Hendriks klas had de musical zelf bedacht. Het was een heel vrolijke musical geworden.

Over een circus dat Jeroen Bosch heette. Die naam had ze uit een liedje gehaald. En in dat liedje kwam ook de schaar voor die Hendrik speelde. Die schaar moest in de musical trouwen met een vingerhoed. En die vingerhoed werd gespeeld door ... Jasperine. Dat vond Hendrik het leukste van alles. Daarom was hij ook zo blij met zijn rol als schaar. De schaar en de vingerhoed waren lang niet de hoofdrollen van de musical, maar dat maakte Hendrik niks uit. Zelfs al waren het de allerkleinste rollen geweest, dan nog was hij er blij mee geweest. Hij ging als schaar immers trouwen met Jasperine Vingerhoed. Het was voor de nep weliswaar, maar toch.

Jasperine was zelf niet als vingerhoed verkleed, maar ze zat ín een vingerhoed verstopt. Niet in een echte natuurlijk, maar in een nagemaakte, die vanzelfsprekend heel veel groter was dan een echte vingerhoed. Ze hadden er een paar hoepels voor genomen, van verschillende grootte of doorsnee, die ze met ijzerdraad verbonden hadden en vervolgens met karton hadden beplakt, met bobbels aan de buitenkant. Bij een vingerhoed zaten die bobbels er ook. Jasperine kon helemaal in de vingerhoed verdwijnen, maar als ze de vingerhoed optilde, kon ze ook gewoon lopen, want er zat geen bodem in; en zwaar was hij evenmin.

De musical ging over een trektocht van het circus, een trektocht naar het Land van Maas en Waal. Zo heette

ook het liedje waarin de schaar en de vingerhoed voor-
kwamen: 'Het Land van Maas en Waal'. Tijdens de
trektocht deden alle circusfiguren iets bijzonders en
er werd natuurlijk veel gezongen.

'Onder de groene hemel in de blauwe zon
speelt het blikken harmonie-orkest in een grote regen-
ton.
Daar trekt over de heuvels en door het grote bos
de lange stoet de bergen in van het circus Jeroen Bosch.
En we praten en we zingen en we lachen allemaal,
want daar achter de hoge bergen
ligt het Land van Maas en Waal.'

Binkie Baars had de hoofdrol gekregen van de musical. Hij was de circusdirecteur. Hij liep dan ook voor-
op, helemaal aan het begin van de circusstoet, hand
in hand met een kater. Die kater werd gespeeld door
Hepie Hilgersma. Achter Binkie en Hepie kwamen
twee konijnen met een trechter op hun kop. Dat waren speelgoedkonijnen die op een skateboard waren
vastgemaakt. Dat had de vader van Hepie gedaan.
Achter de twee konijnen liep de grote snoeshaan, die
af en toe zogenaamd een glazen ei moest leggen. Die
snoeshaan was Coby Aarsema. Natuurlijk liep er ook
een clown mee in de circusstoet. Die rol had Johnny
Westend gekregen. Hij moest steeds zingen dat hij zo
vrolijk was. Daar had de juffrouw ook een mooi lied

99

voor gevonden, dat Hendrik wel eens gehoord had in het Land van Ooit:

Ik ben vandaag zo vrolijk
zo vrolijk zo vrolijk
Ik ben behoorlijk vrolijk
zo vrolijk was ik nooit.'

Johnny in zijn maffe clownspak kon dat heel mooi zingen.
En zo waren er nog veel meer circusfiguren en -dieren.
Alles bij elkaar was het een bonte en vrolijke stoet.
Iedereen uit de klas kwam in de musical ook aan de beurt om iets te doen. Hendrik en Jasperine moesten dus met elkaar trouwen als schaar en vingerhoed. Bij de trouwpartij was ook een fanfare aanwezig, die ter ere van de schaar en de vingerhoed een liedje blies, waarbij de fanfareleden af en toe riepen:

'Ze houden van elkaar'

gevolgd door het geluid van een hoempapa.

'Moeten we elkaar ook zoenen?', had Jasperine bij de eerste repetitie aan de juffrouw gevraagd.
'Eigenlijk wel', had de juffrouw gezegd, 'maar durf je dat?'

'Ja hoor', had Jasperine zonder aarzelen geantwoord, 'Hendrik en ik hebben elkaar al eerder gezoend, want wij zijn op elkaar.'
Zowat de hele klas had dit gehoord en iedereen was meteen beginnen te schreeuwen en te joelen.
'Dat komt dan goed uit', had de juffrouw gezegd, die zelf ook allang wist dat Hendrik en Jasperine op elkaar waren, maar daar niks van had laten merken. Bij elke repetitie die daarna volgde, zoenden Hendrik en Jasperine elkaar, en dat deden ze heel overtuigend, zoals je in een film wel eens ziet. Maar in een film is het eigenlijk niet echt, terwijl het bij Hendrik en Jasperine wel echt was. Je zag ook dat sommige jongens een beetje jaloers waren op Hendrik. Zij hadden misschien ook wel de rol van schaar willen hebben, want zoenen met Jasperine, dat wilden er wel meer.

Na de trouwpartij en de zoen van Hendrik en Jasperine trok de circusstoet in de musical weer verder in de richting van het Land van Maas en Waal. Dat land was aan de andere kant van het podium, waar ze natuurlijk heel snel naartoe zouden kunnen lopen. Maar ze hadden een mooi decor gebouwd met allerlei kronkelweggetjes waar ze overheen moesten voordat ze het Land van Maas en Waal konden bereiken.
Sommige kinderen die meeliepen in de circusstoet moesten doen alsof ze zo vlug mogelijk in het Land

van Maas en Waal wilden zijn. Dat maakten ze duidelijk met een liedje waarin ze steeds

'opzij, opzij, opzij'

riepen, en vervolgens

'maak plaats, maak plaats, maak plaats'.

Dat liedje was net als alle andere liedjes een bekend liedje, en dat maakte de musical extra leuk. 'Ook voor de toeschouwers straks', had de juffrouw gezegd. In het liedje over 'opzij, opzij, opzij' zat ook de zin:

'We moeten rennen, springen, vliegen, duiken, vallen, opstaan en weer doorgaan.'

En degenen die het liedje zongen, moesten dat ook echt allemaal doen, dus rennen, springen, vliegen (zogenaamd natuurlijk), duiken, vallen, opstaan en weer doorgaan. Precies tegelijkertijd, waardoor de musical ook een beetje op ballet ging lijken.
Een ander liedje uit de musical was een liedje in het dialect: 'Hee gaode mee?' Dat liedje werd gezongen door Hielke Tromp, die een opa had die het dialect van het liedje goed kende. Hielkes opa was daarom soms bij de repetitie aanwezig om Hielke te zeggen hoe hij alles moest uitspreken.

'Hee gaode mee
Dan gaon we 'n eindje lope'

Het werd echt een prachtige musical. Dat vond iedereen. Hendrik ook. Maar Hendrik vond dat vooral vanwege de trouwpartij en het zoenen met Jasperine. Aan het einde van de musical kwam de groep ten slotte aan in het Land van Maas en Waal. En daar mocht iedereen zandgebakjes gaan eten op het feest van Klaas Vaak. Nou ja, die naam Klaas Vaak zegt het natuurlijk al: na het eten van de zandgebakjes viel iedereen in slaap, behalve één persoon die geen gebakjes had gegeten. Dat was de clown. Johnny Westend dus. Die begon heel zachtjes zijn eigen liedje te zingen:

'Ik ben vandaag zo vrolijk
zo vrolijk zo vrolijk
Ik ben behoorlijk vrolijk
zo vrolijk was ik nooit.'

En elke keer als Johnny dit refreintje gezongen had, werd er iemand wakker, die dezelfde regels dan met de clown mee ging zingen. Op het laatst was iedereen weer wakker en zongen ze allemaal samen:

'Ik ben vandaag zo vrolijk
zo vrolijk zo vrolijk

Ik ben behoorlijk vrolijk
zo vrolijk was ik nooit.'

Bij de echte uitvoering, op de laatste dag van het schooljaar, met alle ouders en opa's en oma's erbij en ook alle andere leerlingen van school, zong zelfs de hele zaal het slotlied mee. Dat was geweldig. Een orkaan van geluid. En hoewel het eigenlijk niet meer bij het stuk hoorde, gaven Hendrik en Jasperine elkaar nog een extra zoen.

Zeker weten doe je het natuurlijk nooit, maar het zag er op dat moment naar uit dat Hendrik en Jasperine samen nog lang en gelukkig zouden leven.